子規 365 日

夏井いつき

朝日文庫

本書は二〇〇八年八月、小社より刊行されたものです。

目次

はつ夢

花見

夏の星

桔梗

※目次の季語は、底本の季語分類を基本としていますが、分かりやすさを考慮して、俳句の中に使われている季語を抽出している場合もあります。

章扉イラスト／上田みゆき
写　真／篠崎ふみ

子規３６５日

まえがき

買ってきたまま長い間積んであった司馬遼太郎《しばりょうたろう》著『坂の上の雲』全八巻を読み始めたのは、十数年前、鬼の霍乱《かくらん》ともいえる三八度の熱が出て寝込んだ時だった。ちょうど正岡子規《まさおかしき》に強烈な興味を持ち始めた頃で、「司馬遼太郎は正岡子規のファンである」という話をどこかで聞き囓《かじ》り、それなら是非読まねばと買っておいたのだが、なかなか時間がとれないまま埃《ほこり》をかぶっていた。

熱が少し下がった昼過ぎ、活字中毒症の手持ちぶさたで手にとった第一巻は、その日のうちに読んでしまった。「風邪＋過労としか言いようのない症状だから、数日はごろごろ寝てなさい」と言ってくれたホームドクターの言葉に甘え、ほぼ一年ぶりに仕事を休んだ四日間で『坂の上の雲』全八巻を読破した。

子規のことが知りたい！　と思ってこの本を買い込み、やっと頁《ページ》を捲《めく》るにいたった私をまず愕然《がくぜん》とさせたのは、第三巻の最初のところでさっさと子規が死んでしまったことだった。傍《かたわ》らに積まれた新品の残り五巻には一体何が書かれているのか……と、狐につままれた気持ちになったことを今でもありありと覚えている。

朝日新聞愛媛版で「子規おりおり」という日々のコラムを連載することになってから、いろんな資料、文献を読む機会に恵まれたが、『坂の上の雲』という主に日露戦争を描いた小説に、なぜ正岡子規という俳人の存在が必要であったかという素朴な疑問は、今回、関川夏央《なつお》著『「坂の上の雲」と日本人』を読んで大いに納得し、ストンと腑《ふ》に落ちた。『坂の上の雲』に描かれている子規は、軽快であり無邪気であり激烈であり執拗《しつよう》でありぬけぬけと明るい。様々な研究者や作家が、様々な角度から子規を描いてはいるが、私の中の子規は、まさに『坂の上の雲』の子規像と重なる。

本書は、先に書いたとおり新聞に連載したコラム一年分（二〇〇七年一月〜一二月）をまとめたものだが、子規研究者的な視点で書いたものではない。実作者である私自身のアンテナに触れる作品を一日一句選び出し、それぞれに短いエッセイを添えたものだ。

資料を読んでいて子規の人生を象徴するエピソードに遭遇しても、その出来事にまつわる俳句があまりにも平凡かつ陳腐《ちんぷ》であれば、敢《あ》えてそのエピソードに目をつぶった。逆に、あまりにバカバカしい故《ゆえ》に愛してしまった句も平気で入れた。句の出来た状況等がはっきり調べ切れなくても、見るべき点のある作品だと思えば、その句の魅力を丁寧に読み解いてみようと心を傾けた。

「子規は駄句の山を残した」「子規の全作品を読み通す退屈は苦痛に等しい」と酷評する人もいるが、それは（ささやかなパーセンテージの違いはあるにしても）どんな俳人にも該当する批評であって、何も子規だけに投げられるべき礫《つぶて》ではない。あまり有名でない句の中にも、子規らしいほのぼのとした佳句、子規らしくない異色の作品があることを、同じ実作者の立場から少しでも紹介できればと、心楽しくも真摯《しんし》に日々の一句を選ばせてもらった。

そんな一年間の格闘の中、類稀《たぐいまれ》な好奇心とエネルギー球のような闘志を持ち続けた正岡子規という俳人と、改めて出会い直せたことが、私自身にとって何よりもの収穫であった。

また巻末には、子規が従軍記者として赴いた大連《だいれん》の街に再建された子規句碑に会いに行く旅の見聞も収録した。あわせて楽しんでいただければ嬉しい。

〔凡例〕

・子規作品の表記は松山市立子規記念博物館編『季語別子規俳句集』を底本とした同博物館データベースを基本としつつ、新字の採用・濁音の附記等、読みやすさを考慮しました。また子規の年齢は『子規選集』（増進会出版社）の年表にしたがって数え年を採用しています。

・本文中の引用文は、原文のまま旧仮名遣いとしていますが、読みやすさを考慮して、読み仮名はすべて現代仮名遣いとしました。

・本文中で「〇月〇日」という日付の下には、目次に掲出したその日の句の「季語」を表示しました。また、句の下の年は制作年を示しています。

・月日の表記は、二〇〇八年刊の元本に準じています。

正岡子規　年表

※年齢は数え年です

1867	（慶応３）	１歳	10月14日（新暦）、現在の松山市に生まれる
			本名は正岡常規《つねのり》
1870	（明治３）	４歳	妹の律《りつ》が生まれる
1872	（明治５）	６歳	父、隼《はや》太《た》常尚《つねなお》、死去
1880	（明治13）	14歳	松山中学校に入学
1883	（明治16）	17歳	松山中学校を退学し、東京に行く
1884	（明治17）	18歳	東京大学予備門に入学
1885	（明治18）	19歳	この頃から、俳句を作り始める
1888	（明治21）	22歳	肺の病気で、初めての喀血《かっけつ》
1889	（明治22）	23歳	同級生の夏目漱石と親しくなる
			結核と診断される。「子規」の号を使い始める
1890	（明治23）	24歳	帝国大学文科大学（現・東京大学）に入学
1892	（明治25）	26歳	母八《や》重《え》と妹律を東京に呼び寄せる
			日本新聞社に入社
1893	（明治26）	27歳	帝国大学を退学
1894	（明治27）	28歳	上《かみ》根岸に引っ越し、子規庵《あん》を構える
			新聞『小日本』の編集責任者になる
1895	（明治28）	29歳	日清戦争の従軍記者として、金州《きんしゅう》に赴く
			松山「愚陀仏《ぐだぶつ》庵」にて漱石と52日間暮らす
1896	（明治29）	30歳	脊椎《せきつい》カリエスと診断される
1897	（明治30）	31歳	俳句雑誌『ほととぎす』発行
1898	（明治31）	32歳	『歌よみに与ふる書』発表
1901	（明治34）	35歳	随筆『墨汁一滴《ぼくじゅういってき》』を連載
			日記『仰《ぎょう》臥《が》漫録《まんろく》』を書き始める
1902	（明治35）	36歳	随筆『病牀《びょうしょう》六尺』を連載
			９月19日、死去（満年齢で34歳11カ月）

（子規記念博物館のホームページを基に作成）

はつ夢

■一月一日　　初夢

うれしさにはつ夢いふてしまひけり　　一八九三(明治二六)年

「うれしさに」という率直な一語の後の、「はつ夢いふてしまひけり」という手放しのはにかみに、読み手もつられてふっとほほえんでしまう。

新聞『日本』の社員となった子規は、この年一月、月給二〇円を稼ぐ身となった。松山から母と妹を呼び寄せ、三人揃って東京でのお正月を迎えたのもこの年だ。ついつい「いふて」しまった「はつ夢」を笑う三人の明るい声も聞こえてきそうな年明けの一句である。

■一月二日　　初荷

痩馬《やせうま》をかざり立てたる初荷哉《かな》　　一九〇〇(明治三三)年

現代の日本ではこんな「初荷」の光景はすでに望めないが、馬・車・橇《そり》・船を紅白の布で飾り付けた「初荷」は一月二日の行事と決まっていた。「瘦馬」をここぞとばかり「かざり立て」、景気の良い掛け声を上げ、笑み満面に馬を引く爺さん。愛馬の「瘦馬」も調子を合わせ、ここぞとばかり景気よく嘶《いな》いてみせるに違いない。そんな馬を指さして喜ぶ晴れ着姿の親子なんぞも見えてくるような一句ではないか。

■一月三日　元旦

今年はと思ふことなきにしもあらず

一八九六(明治二九)年

思わず「ふふ……」と共感する。この私とて毎年毎年思う台詞《せりふ》である。「三十而《みそじ》立《りっ》」と古《いにしえ》の人もいはれけん」という前書きのある作品だが、三〇歳の自立どころか、齢《よわい》いくつになろうとも一年間温めては捨て続けてきた志は、空行く雲の数ほど限りない。

そんなこんなのワタクシ的「今年はと思ふ」志は、一年間のこの連載の任務遂行。おいおいまだ三日目ではないかと、子規さんも「ふふ……」と笑っているか。

■一月四日　福引

福引のわれ大いなる物を得たり　一八九七(明治三〇)年

「われ～得たり」という語りに、ちょいと得意げな鼻先が見えたりもするが、舌切り雀《すずめ》の大きな葛籠《つづら》の例をあげるまでもなく、「大いなる物」の中身なんてのは一概に信用できない。はてさてこの得意げな顔もこの後一体どうなることやら……。

当時の「福引」の景品にはどんな物があったのかと調べてみると、子規の句に「福引のわれ貧《ひん》に十能《じゅうのう》を得たり」を発見。「十能」とは、炭火を持ち運ぶ道具。時代がうかがえる「福引」の景品である。

■一月五日　傀儡師

其《その》箱のうちのぞかせよ傀儡師《かいらいし》　一八九三(明治二六)年

「傀儡師」とは人形遣い。新年の門付《かどづ》け芸の一つだ。私が子供の頃、毎年阿波《あわ》の傀傀儡師が大きな黒い葛籠を背負い、鼓《つづみ》を打ちながら家々を回って来たものだった。傀儡師は振舞酒を飲み干すと、「箱」の中に身を折り込み、天女みたいな人形や口がカッと裂ける人形を摑《つか》みだしては舞わせた。その黒い葛籠からもっと恐ろしいモノが飛び出してきそうで、人形よりもそれが気になって仕方ない、私はそんな気弱な子供だった。

■一月六日　ごまめ

世の中に馴《な》れぬごまめの形かな　一八九五(明治二八)年

「ごまめ」はお節《せち》料理の「田作《たづく》り」。折れ曲がったのもあれば、ひしゃげたのもあり、はたまた真っすぐに固まっているのもあり。嗚呼《ああ》、まさに「世の中に馴れぬ」不器用な人々の生きざまの如《ごと》き「形」であることよ。

「世の中に馴れぬごまめの姿かな」もあるが、こちらはやや観念が勝つ。「形」の方が映像的である分だけ理屈が抜け、理屈が抜けた分だけストンと共感しやすくなる。

■一月七日　　　　福寿草

水入《みずいれ》の水をやりけり福寿草《ふくじゅそう》　　一九〇〇（明治三三）年

「福寿草」の鉢を見るとついつい買ってしまう。仕事机の上に置くと、ぽっと明るい空気が生まれるような気がする。このあたたかくも静かな花を、子規は「どこ向けて見てもやさしや福寿草」と感じ、「窓掛の房さがりけり福寿草」と病床から見上げるのである。

「水入」は硯箱《すずりばこ》と共に枕元に置いて愛用したもの。硯に落とす水が余れば、ちょいと福寿草にもお裾分けしてやる。ぽっと優しい子規さんの横顔も見えてくる。

■一月八日　　　　海鼠

逃げる気もつかでとらるる海鼠《なまこ》哉　　一八九二（明治二五）年

「逃げる気もなくてとらるる海鼠かな」の句稿も見られるが、掲出句「つかで」の一語の効果は大。「海鼠」ってのは「逃げる気」があるとか無いとか意志をはっきり持てない奴等《やつら》で、はて逃げたもんだか逃げないもんだか、逃げるにしても前に動くか後ろに引くか……と迷ってるうちに、ほら捕ったよ、とからかっているのだ。「逃げる気もつかで」獲《と》られた海鼠がここにも一匹。今宵《こよい》の酒も、なかなかの味で。

■一月九日　　火桶

太平記火《ひ》桶《おけ》に袖をこがしけり　　一八九六(明治二九)年

『太平記』は全四〇巻。南北朝時代を主な舞台とした軍記物語だ。その本に夢中になり、暖をとっていた「火桶」に「袖」が入り込んでしまったのだ。あちっ！と騒いだに違いないが、「こがしけり」とおさまった物言いをしているのがまた可笑《おか》しい。

最近読み終えたのは、池波正太郎著『鬼平犯科帳』二四巻。私には焦がすべき「袖」も炭を継ぐべき「火桶」も無いが、本に熱中するのは子規さんと同類だ。

■一月十日　　冬の山

ここらにも人住みけるよ冬の山　　一八九八（明治三一）年

ここまで分け入ってくれば人が住む里はなかろうと思うと、やがて一かたまりの人家が見えてくる。「ここらにも人住みけるよ」という率直な思いが、こんな一句になった。

同じ季題の「冬山やごぼごぼと汽車の麓《ふもと》行く」は明治二七年の作だが、「ごぼごぼ」は煙を吐いて進む「汽車」のさまを言い得て愉快。「ごぼごぼ」と麓を行く汽車を眼下に、「冬の山」はまだまだ目を覚ましそうにない。

■一月一一日　　寒し

寒からう痒《かゆ》からう人に逢《あ》ひたからう　　一八九七（明治三〇）年

「碧梧桐《へきごとう》天然痘にかかりて入院せるに遣《つかわ》す」という前書き付きの一句だ。河東《かわひがし》碧梧桐は、高浜虚子《たかはまきょし》と共に同郷の弟分とも弟子ともいうべき人間。畳みかけるような呼びかけが、いかにも兄貴分らしい愛情に満ちている。

入院一カ月の間に、碧梧桐と恋仲だった下宿屋の娘が、同じく下宿してた虚子と懇意に……なんて話はどうでもいいが、「逢ひたからう」の裏には様々な事情もあったのだ。

■一月一二日　千鳥

おお寒い寒いといへば鳴く千鳥《ちどり》　一八九四(明治二七)年

子規には季重なりの句が多いが、ここまで実感の強い句に出会うと、そんな定石《じょうせき》はどうでもいいと思えてくる。「おお寒い寒い」は作者の言葉、それに応《こた》えるのが「千鳥」の声。千鳥も「おお寒い寒い」と言っているか、はたまた「ナサケナイ青年よ」と笑っているか。

同年二月一一日、新聞『小日本』創刊。二八歳の子規は編集責任者となるが、この新聞、五カ月後に廃刊。本当に寒いのは、この年のこの出来事だったかもしれぬ。

■一月一三日　　初雪

初雪や奇麗に笹《ささ》の五六枚

一八九二(明治二五)年

一月一三日付の高浜虚子への手紙に同封した笹の葉に書かれてあった五句中の一句。「小説家になつては飯ガ食ヘヌ」と嘆《なげ》く虚子に兄貴分らしい説教をしている。「目的物ヲ手ニ入レル為ニ費《ついや》スベキ最後ノ租税ハ生命ナリ」(文中傍点は引用文ママ)。同年一月は、子規も小説「月の都」を執筆中。二月、幸田露伴《こうだろはん》に批評を求めるが期待した反応は得られず、五月には小説家を断念。子規二六歳、最初の喀血《かっけつ》から五年目のことだ。

■一月一四日　　雪

いくたびも雪の深さを尋ねけり

一八九六(明治二九)年

作者名や背景を明かさなければ、「スキー旅行前夜。積雪量が気になる」と解釈する若者もいれば、「雪が積もったら、明日は新しい長靴が履《は》けるよ」と読む小学生もいる。

この年、子規の病名は結核性脊椎《せきつい》カリエスと診断され、左腰の痛みはさらに激しさを増し身動きすらできなくなる。俳句の読みは読者の翼に乗って自由に広がるからこそ、作者の真実を知った時の驚きと感動もより深くなる。

■一月一五日　どんど

枯菊《かれぎく》にどんどの灰のかかりけり　　一八九九(明治三二)年

「どんど」つまり「左義長」は新年の火祭り。一四日の夜か一五日の未明に行われることが多いが、門松《かどまつ》や注連《しめ》飾りを焼き、その火で焼いた餅を食べて無病息災を願う行事だ。

「枯菊」との季重なりの句ではあるが、枯れた菊に降りかかる「灰」の様を描き、「どんど」という季語の現場を表現していることになる。降りくる「灰」を見上げれば、高々と火の粉《こ》を放つ「どんど」の火柱《ひばしら》も鮮やかに見えているに違いない。

■一月一六日　十六日桜

うそのやうな十六日桜咲きにけり　一八九六（明治二九）年

松山市の天然記念物「十六日桜」は、桜を見て死にたいという父の願いをかなえようとの親孝行な息子の祈りで旧暦の正月一六日に桜が咲いた、という伝説の桜だ。「十六日桜」の近くにあるロシア人墓地は、日露戦争の捕虜となった軍人たちの墓。当時の松山市民は彼らを手厚く遇したため、その噂《うわさ》は戦場にまで伝わり、ロシア兵たちが降伏する時、彼らは口々に「マツヤマ！　マツヤマ！」と叫んだのだという。そんな町に咲くけなげに白い「十六日桜」である。

■一月一七日　寒念仏

寒念仏《かんねんぶつ》に行きあたりけり寒念仏　一八九五（明治二八）年

「寒念仏」とは、寒の三〇日間明け方から念仏を唱え歩くことをいう。「寒念仏」

の僧が別の「寒念仏」の僧に行きあたっただけのことなのだが、繰り返される「カンネンブツ」という音の響きそのものが、念仏の如く聞こえてくるから面白い。TV番組の取材で「寒念仏」の僧に密着した経験があるが、彼らの足の速さに呆然！「行きあたりけり」は、生半可《なまはんか》なスピードの遭遇ではないってのがこの句の隠れた真実か。

■一月一八日　　　寒椿

寒椿《かんつばき》力を入れて赤を咲く　　　一八九三(明治二六)年

子規は「赤」に強い反応を示す。幼い頃見た火事の記憶に心高ぶらせ、夢で見た「赤」い女神の幻影に心惑わせる。

「寒椿」が咲いている。真っ赤に咲いている。「寒椿」は「力を入れて」この「赤」を咲いているのだ。もし下五が「赤く」だとしたら全くいただけない。「赤」という色の存在を賭けて「赤を」咲いてみせるという意志が、この句の眼目《がんもく》なのだ。

■一月一九日　凍る

凍筆《いてふで》をホヤにかざして焦《こが》しけり　一九〇〇（明治三三）年

「ホヤ」は「火屋・火舎」と書くが、ランプの火を覆うガラス製の筒《つつ》。凍り付いた「筆」を解かすために「ホヤ」にかざしているとうっかり焦がしてしまったというのだ。「凍筆」とは、季語「凍る」の特殊なケースともいえるが、この時代の文筆を生業《なりわい》とする男が遭遇しそうな場面ではある。このあと子規さん、ふん、焦げたかとばかりに筆先を一瞥《いちべつ》し、何食わぬ顔でおもむろにこの一句をしたためたに違いない。

■一月二〇日　懐炉

びろうどの青きを好む懐炉《かいろ》かな　一九〇一（明治三四）年

私が子供の頃の「懐炉」は、揮発油《きはつゆ》を燃料とする白金懐炉《はっきんかいろ》というモノだった。なんせ金属製の容器なのでうっかりすると火傷《やけど》することもあって、それを防止するために「びろうど」の袋に入れて使うのだ。私の父は腰痛持ちで「懐炉」を愛用していたが、父の「びろうど」の袋の臙脂《えんじ》色は、どこか父にそぐわない気がしたものだった。「青きを好む」句中の人物を思う時、父の物静かな横顔が過《よぎ》る。折しも今日は父の命日。

■一月二一日　　襟巻

襟巻《えりまき》に顔包みたる車上かな　　一八九七（明治三〇）年

そういえば子規が「襟巻」をしている写真、見たような気がするなあと資料を探す。首にしっかり巻く防寒というよりは、フニャっと両肩に垂らした印象があるのだが、今手元の資料には見つからない。その代わり、記者時代の子規は埃《ほこり》じみた紫色の毛糸の襟巻きをかけていたという記述を見つけた。そのとたんモノクロだった脳裏《のうり》の写真に色が生まれる。車上の「襟巻」に、一点ぽっと埃じみた紫が灯《とも》されたような気がした。

■一月二二日　　雪だるま

昨日見た処《ところ》にはなし雪だるま　　一八九〇(明治二三)年

たった一七音しかない俳句だが、そこに盛り込まれる情報量は侮《あなど》りがたい。例えばこの一句。「昨日」という時間情報、「見た処」という場所情報、そこには何も「なし」と言い切った後に、映像情報を持つ季語「雪だるま」が出現すると、一句の世界は生き生きと動き出す。昨日「雪だるま」を作っていた子供たちの声や、「今日はもう解けたか」なんて小さな思いが一句の世界を豊かに彩《いろど》り始める。

■一月二三日　　水仙

何も彼《か》も水仙の水も新しき　　一八九六(明治二九)年

この年は、子規の病名が結核性脊椎カリエスと判明した年。病間の空気も敷布《しきふ》も床の間の「水仙」の水も、今朝はなんと「新しき」ことかと喜んでいる場面なのだろうか。

翌年作「水仙の日向《ひなた》に坐して写真哉」には「足立ツコト出来ネバ匍匐《ほふく》シテ縁端ニ出テ僅《わずか》ニ此姿勢ヲ保ツコト得タリ」との記述。無精髭《ぶしょうひげ》のまま縁側に腰掛けた「写真」のその組んだ足は、すでに歩行の用を為《な》さぬ足であったのだ。

■一月二四日　冬田

蜜柑《みかん》剝《む》いて皮を投げ込む冬田《ふゆた》かな　一八九四(明治二七)年

季重なりだが、主たる季語は「冬田」。切字《きれじ》「かな」の向こうに蕭条《しょうじょう》たる冬田が広がる。

某TV局のカメラ助手・トヨシマ君は秋田出身。「愛媛に来て驚いたのは、その辺の溝《みぞ》に蜜柑の皮が投げ捨ててあることでした。僕にとって蜜柑は、座敷に座って丁寧に剝いて嬉しく食べる高級果物でしたから」。トヨシマ君の目にも子規さんの目にも、「冬田」に投げ込まれた「蜜柑」の皮の色は鮮やかに映ったのだろう。

■一月二五日　　雪沓

雪沓《ゆきぐつ》や雪無き町に這入《はい》りけり　　一九〇一(明治三四)年

「雪沓や」の切字「や」は、歩いてきた深い雪道への詠嘆《えいたん》であり、切字「けり」は「雪無き町」にたどり着いた安堵《あんど》の表現でもある。切字二つを擁《よう》した数少ない成功例だ。

今、私の仕事部屋に流れているのは、レイ・チャールズ。心地よいジャズのリズムの向こう、九階の窓には眩《まぶ》しく輝く雪の石鎚《いしづち》山が見える。この句と同種の感慨《かんがい》を抱き、今まさに、あの雪山を下りてきた人もいるに違いない。

■一月二六日　　寒梅

寒梅《かんばい》のかをりはひくし鰻《うなぎ》めし　　一八九二(明治二五)年

この「鰻めし」は実に美味《うま》そうだ。そして、この「寒梅」はきっと紅に違いない。

一枝挿《さ》してある「寒梅」の「かをり」の奥ゆかしさを「ひくし」と愛でるうちに、ほくほくの「鰻めし」が運ばれてくるのだろう。私なんぞであれば、「鰻めし」を待つひとときは薫《かお》り高い酒でも一杯というところだが、子規さんは生憎《あいにく》の下戸《げこ》。そして大喰い。「寒梅」はさておき、はふはふと「鰻めし」をかき込んだに違いない。

■一月二七日　霙

うつくしき霙《みぞれ》ふるなり電気灯《でんきとう》　一八九五(明治二八)年

この「霙」は実に美しい。当時としては新奇の極みだったに違いない「電気灯」という言葉のノスタルジックな響きは、今も昔も変わらない映像美を描き出す。

俳句では「うつくしき」などの直接的形容を嫌う傾向があるが、子規はこの手の言葉を衒《てら》いなく率直に遣《つか》う。そんな句に出会うたび、馥郁《ふくいく》たる日本語の数々に改めて心打たれる。「霙」という響きも漢字も、こんなに美しいものであったのかと、素直に肯《うなず》ける。

■一月二八日　冬帽

買ふて来た冬帽《ふゆぼう》の気に入らぬ也《なり》

一八九九(明治三二)年

この年は病気も小康《しょうこう》を保っていたものとみえ、車にての外出も十回を数える。母か妹が買ってきた「冬帽」だろうか。一度は被《かぶ》り、鏡に映してみての「気に入らぬ也」であったのか。はたまた虫の居所が悪かっただけか。

勿論《もちろん》、子規の句という前提を離れ「自分で買ってきたものの、気に入らなくなった」と読んでも構わない。そんな「冬帽」が一つ、うちのクロゼットにも眠っているよ。

■一月二九日　外套

外套《がいとう》を着かねつ客のかかへ走る

一八九七(明治三〇)年

一体どういう場面なんだろう。ピンと浮かんだのが、刑事ドラマ。聞き込みにきていた「客」は若き刑事。急報を受け「外套を着かねつ」飛び出した！……なんて筋書きは、うがちすぎた想像か、はたまたテレビの見過ぎか。

「外套を着かねつ客のかかへ去る」の句も作っている子規だが、動詞一つで「客」の年齢・性格まで変わってみえるから俳句って面白いし、侮りがたい。

■一月三〇日　夜興引

夜興引《よこひき》の犬を吠《ほ》えけり寺の犬　一八九八（明治三一）年

「夜興引」とは、冬の夜に猪《いのしし》・鹿・兎《うさぎ》等を捕るため犬を連れて山に入ること。子規の句には「夜興引や寺のうしろの葎道《むぐらみち》」もあるが、掲出句はまさにその寺の近くで起こった小さな事件だ。「寺の犬」は番犬として忠実に「吠え」、寺の犬に吠えられた「夜興引の犬」は猟犬の務めとしてむやみに吠え返しはしないはず。寺を過ぎれば、同じく子規の句「夜興引や犬心得て山の道」となり、山の闇はさらに深くなっていく。

■一月三一日　蒲団

寄宿舎の窓にきたなき蒲団《ふとん》哉　一八九六（明治二九）年

一七歳で上京した子規は一八歳で旧松山藩主の育英事業・常盤会《ときわかい》給費生となる。彼はこの決定を殊《こと》の外《ほか》喜んだ。

北海道・旭川東高出身のちとせ君は、「俳句甲子園」出場を機に松山で俳句を学びたいと愛媛大学に進学してきた若い句友。現代に常盤会給費生制度があったなら、東京へ出て行く若者ではなく、彼のような学生に制度を活用したいなあ。そんな学生が住む寮に干された薄っぺらな「蒲団」にも、冬日はほかほか匂《にお》うんだろう。

■二月一日　如月

きさらぎや雪の石鉄《いしづち》雨の久万《くま》　一八九二（明治二五）年

「きさらぎ」と声に出してみる。なんと美しい言葉だろうと思う。その響きの中にほの見える二月の凛《りん》とした空気と光を愛さずにはいられない。

「雪の石鉄雨の久万」という地名もまた美しい。この地名を知らぬ人であっても、「雪の石鉄」とあれば雪を冠《かん》した高い山かと推測するだろうし、「雨の久万」はその山裾《やますそ》に広がる土地に違いないと想像するだろう。この「きさらぎ」の「雨」もまた実に美しい。

■二月二日　納豆

納豆売《なっとううり》新聞売と話しけり　一九〇一(明治三四)年

「納豆」は冬の季語。「納豆売」も傍題として歳時記に載っている。豆腐を買いに入れ物を持って走ったり、顔馴染《なじ》みの「納豆売」を呼び止めたりという時代はすでに懐かしいものとなり、全てはスーパーマーケットの籠《かご》に商品を放り込むだけで用が足りてしまう。

この「納豆売」と「新聞売」の立ち話。話題はお天気か、昨今の景気か、はたまたご近所の噂《うわさ》か。「納豆」と「新聞」の取り合わせが絶妙な一句だ。

■二月三日　節分

節分や親子の年の近うなる　一八九二（明治二五）年

「親子の年」の差が「近うなる」はずはないが、「親」が死去している場合を考えると、この思いは理解できる。年の豆を数える「節分」の夜ともなれば感慨はまた一入《ひとしお》だろう。

ちなみに、子規の父・隼太《はやた》は四〇歳で病死。「愚父《ぐふ》は生来《せいらい》大酒家にて日に一升位《くらい》は飲みほし候事故《そうろうことゆえ》に身体の健康を害し……」とあるが、酒はあまり飲まなかった息子は、父の歳《とし》に四つ足りないまま寿命を終えることとなる。

■二月四日　春立つ

蕪村集《ぶそんしゅう》に春立つといふ句なかりけり　一九〇〇（明治三三）年

子規は、それまで神聖視されてきた芭蕉《ばしょう》ではなく「蕪村」を顕彰《けんしょう》した。蕪村句集輪講会《りんこう》を熱心に実施し、その輪講記録を俳誌『ほととぎす』にも連載している。好きな作家の句集を丁寧に読んでいく作業は実に心楽しい。それはまるで、春を喜ぶ小さな鳥となって、句集の世界を囀《さえず》りわたるような心持ちだ。この年の夏には寝返りも困難になる子規だが、句集を開く度《たび》、その心は小さな春鳥となって解き放たれたに違いない。

■二月五日　　摩耶参

馬ノ灸《きゅう》ノ張紙《はりがみ》出タリ摩《ま》耶参《やもうで》　　一九〇二(明治三五)年

「摩耶」は釈迦《しゃか》の生母。その摩耶夫人《ぶにん》を祭るのが、兵庫県六甲山《ろっこうさん》の一峰・摩耶山にある忉利天上寺《とうりてんじょうじ》である。かつて旧暦二月初午《はつうま》の日には、近隣の人々が飼馬《かいうま》の息災《そくさい》を祈願《きがん》するため、飾り立てた馬を引いて集まってきたという。

天上寺のHPを覗いてみると「摩耶参」は春分の日頃の開催とあり、内容は「飼馬の息災」なんぞではなく「山の安全と世界の平和を願う」となっていた。さもありなん……だ。

■二月六日　梅

ここぢやあろ家あり梅も咲《さい》て居る　一八九四(明治二七)年

「訪人」と前書きのある一句。前書きがあろうと無かろうと、この句を読めば、誰かの「家」を探し尋ねてきた人物に違いない、という程度の見当はつく。「ここぢやあろ」の台詞《せりふ》はいかにもスローモー。「梅」がほつほつ笑う、お日和《ひより》の気分にも似合う。送られてきた手書きの地図はいかにも粗略で分かりにくかったに違いないが、文面にあった「梅」の一字が決め手になるあたりが、飄々《ひょうひょう》と楽しいエピソードの一句ではないか。

■二月七日　白魚

網の目や白魚《しらうお》おちる二ツ三ツ　一八九四(明治二七)年

TV番組のロケで、愛媛県宇和島市津島町、岩松川《いわまつがわ》の白魚漁に出向いたことがある。満ち潮に乗り川を上ってくる「白魚」を潮が止まる瞬間に掬《すく》い上げるこの漁、引き揚げられた「白魚」が弾《はじ》く小さな飛沫《しぶき》には、春の岩松川のアオサの香りがした。

子規の句に「白魚や椀《わん》の中にも角田川《すみだがわ》」もあるから、彼が食したのは隅田川《すみだがわ》の「白魚」だったに違いないが、故郷・愛媛の「白魚」の清々《すがすが》しさも味わって欲しかったなあ。

■二月八日　山焼

焼山《やけやま》の大石《おおいし》ころりころりかな　一八九六(明治二九)年

「焼山」とは季語「山焼」のことだろう。野山の枯草や枯木を焼き払い、害虫を駆除したり植物の発育を促したりするのが「山焼く」作業の目的だが、「焼山」となればその作業が終わったあとの山を思えばいいだろう。焼き尽くされた山の所々に、思いもかけぬ「大石」が「ころりころり」と見える光景を、子規は愉快に思ったに違いない。その愉快がそのまま「ころりころりかな」という語調になったに違いない。

■二月九日

飯蛸

手にとれば飯蛸《いいだこ》笑ふけしきあり

一八九五（明治二八）年

「飯蛸」とは、卵が飯粒のように見えるというところからきた名前。小さな蛸なので頭からガブリと食べると、こりゃあもう酒が進むというもんだが、たしかに言われてみれば、あの造形は実に「笑ふけしき」。「手にとれば」とあるから、子規さん、食べる前にしみじみこの小さな蛸の姿を眺め尽くしたに違いない。

知人の話では卵を持たないオスを「すぼけ」とも呼ぶらしい。この名もまた苦笑の限り。

■二月十日

冴返る

なにがしの忌日《きじつ》ぞけふは冴《さ》え返《かえ》れ

一八九六（明治二九）年

「冴返る」は春の季語。寒さがぶり返すことをこう表現する。「なにがしの忌日ぞ」

と反芻《はんすう》し、「けふは冴え返れ」と命令する口調が、季語「冴返る」の世界と響き合う。

例えば、渡部州麻子《わたなべすまこ》の句「桃咲いてけふも誰かの忌日なり」と比較すると、「桃咲いて」から広がる鮮やかな色のイメージに対し、子規の句はいかにも「冴え返」った無彩色《むさいしょく》。同じ発想でも、ここまで違った作品に仕上がるのが俳句の面白さだ。

■二月一日　春寒

春寒く痰《たん》の薬をもらひけり　一九〇〇(明治三三)年

「痰一斗《いっと》糸瓜《へちま》の水も間にあはず」は子規辞世三句のうちの一句だが、当時糸瓜水《すい》は、化粧水、火傷《やけど》の治療、そして「痰の薬」としても使われた。「春寒」の時期だからこの「痰の薬」が糸瓜水だとは考え難《にく》いが、この句の翌年、子規の病間の前には糸瓜棚が造られる。

私が根岸の子規庵《あん》を初めて訪れたのは、十年前のちょうど二月頃。枯れ残った糸瓜が、「春寒」の風にかかさ所在なげに揺れていたのが印象的だった。

■二月一二日　椿

馬ほくほく椿《つばき》をくぐり桃をぬけ

一八九一(明治二四)年

「馬」が「ほくほく」歩いている。「椿」をくぐり「桃」畑を抜け、ほくほくほくほく歩いているのである。子規の句稿には「馬ほくほく椿にさはり桃にすれ」もあるが、比べてみれば、その出来は一目瞭然《りょうぜん》。「椿にさはり」では椿の木の高さが表現できないし、「桃にすれ」では桃畑の広さが表現できない。俳句の短さは、詩型の宿命。だからこそその面白みは、こんな一句の動詞のカラクリを読み解くことにもあるのだ。

■二月一三日　猫の恋

内のチヨマが隣のタマを待つ夜かな

一八九六(明治二九)年

この句の季語は？　……と首をかしげる人もいるだろう。が、「隣のタマ」とくればこれぞ猫の名の代名詞。その「タマ」を恋い焦《こ》がれて待つのが「うちのチヨマ」とくれば、これぞ究極の「恋猫」ではないか！　と、子規さん、ニヤリと一句ヒネったに違いあるまい。

「タマ」はいささか安直にしても「チヨマ」とは一体どういう意味の命名やら。そんなことを考えていたら、近所の恋猫の鳴き声がやけに耳について眠れない。

■二月一四日　春の雪

君を待つ蛤鍋《はまぐりなべ》や春の雪　　一九〇一（明治三四）年

詩歌における「君」とは恋愛対象を指すことが多いが、さてこの「君」をどう解釈しようか。「君を待つ」人物を子規と決めつけるよりは、あれこれ想像する方が楽しい。第一、「君」を待つのに「蛤鍋」やってるなんて、どう考えても若い人だとは思い難い。

今ハマってるのが、池波正太郎著『剣客《けんかく》商売』。美味《おい》しそうな食べ物がたんと出てくる。「蛤鍋」と「春の雪」、まさに老剣客・秋山小兵衛《こへえ》の世界だなあ。

■二月二五日　雪解

雪解けて魚の腸《はらわた》あらはるる　一八九三(明治二六)年

「雪」が解け「魚の腸」が現れた、というだけの句意だが、この映像再生力は見事だ。「雪解けて」とはいえそこには残る「雪」もあるだろうし、風も未《いま》だ冷たいに違いない。「雪」の下から現れる「魚の腸」は、清浄《せいじょう》な「雪」のせいかどこか美しくも感じられる。

私が子供の頃、魚をさばくのは祖父の仕事だった。釣ってきた「魚」を井戸端でさばく手際や一筋流れていく鮮やかな血の色をありありと思い出した。

■二月二六日　日永《ひなが》

パン売《うり》の太鼓《たいこ》も鳴らず日の永《なが》き　一九〇一(明治三四)年

「筋の痛を怺《こら》へて臥《ふ》し居《お》れば昼静かなる根岸の日の永さ」との前書きがある一句。

この年一月より子規は『墨汁一滴《ぼくじゅういってき》』の連載を始める。次第に病状が進み、天井から吊《つる》した麻縄《あさなわ》を握り体をねじって執筆する子規だが、痛みを怺えつつも、今日は聞こえない「パン売の太鼓」に思いを馳《は》せるのが頼もしくも切ない一句だ。「永き日や雑報書きの耳に筆」は明治三一年の作。外出も出来ていた頃のものである。

■二月一七日　暖か

あたたかな雨がふるなり枯葎《かれむぐら》　一八九〇(明治二三)年

「あたたかな雨」が降っているのである。「ふるなり」、と己《おのれ》の心にたたみ掛けるような中七の語りはいかにも穏やかである。そして「あたたかな雨」を受けとめているのは、春の気配がひろがりはじめた野に枯れ残る「葎」、つまり雑草。「雨」を暖かいと感じる頃ともなれば、枯れた雑草の根方《ねかた》には新しい芽吹きも見え始めているに違いない。「暖か」「枯れ」と季重なりの句だが、子規自身は「暖か」の句として分類している。

■二月一八日　百千鳥

きのふふえけふふえ明日や百千鳥《ももちどり》　一八九三（明治二六）年

「百千鳥」は、春鳥の囀《さえず》りの楽しさを数でイメージした季語。「百」は実数ではなく、多さの美称である。子規の句稿には「きのふふえ今や百千鳥」もあるが、「今」の一語がやや説明的。それに比べ、昨日も増え今日も増え「果たして明日は」という喜びを、切字「や」に託す掲出句の伸びやかなこと。そんな一句に心を動かしていると、私の仕事部屋の窓にも「百千鳥」の声がふえたことに気づく二月も半ばである。

■二月一九日　はこべ

カナリヤの餌《え》に束《たば》ねたるはこべ哉　一八九九（明治三二）年

「はこべ」は、白い五弁の小さな花をつける春の七草。ものの本によると「古くから小鳥の餌としたり、民間薬として利用したりしてきた」のだそうな。

子供の頃、鳥の眼《め》が怖かった。小鳥小屋の扉を開けると「カナリヤ」や文鳥《ぶんちょう》やインコが、私を襲いにきそうで一歩も中に入れなかった。金網の隙間《すきま》から先生が教えてくれた餌用の草を千切っては押し込んだが、もしかするとあの草も「はこべ」だったのかもしれない。

■二月二〇日　鮒膾

贈られし鮒《ふな》を膾《なます》につくりけり　一八九九(明治三二)年

先日、早春の琵琶湖を吟行《ぎんこう》した。浮御堂《うきみどう》近くの魚清楼《うおせいろう》で食べたのが「膾」ではなく「鮒」の洗膾《あらい》。鮒の黄色い卵をまぶした洗膾の身のしまり具合が絶品だった。

ある日の『墨汁一滴』には「近日我貧厨《ひんちゅう》をにぎはしたる諸国の名物は何々ぞ」との書き出しで、最近正岡家の台所に届いた各地の産物が挙げられている。残念ながらその中に「鮒」の記述はないが、この一句の向こうにも「貧厨」の賑《にぎ》わいが聞こえてくるようだ。

■二月二一日　木の芽

鼻つけて牛の嗅《か》ぎ居る木芽《このめ》哉　一八九五(明治二八)年

「鼻つけて」というから、私のこの「鼻」かと思えば、「牛」だといい、さらにその「鼻」が何かを「嗅」いでいると分かった瞬間、季語「木芽」が出現する。読者である私たちは切字「哉」の余韻《よいん》を楽しみつつ、「木芽」の柔らかなさみどりを瑞々《みずみず》しく想像するのだ。

作者の眼球に映った映像が俳句という言葉に翻訳され、読者はそれを映像として再生し追体験する。それが俳句という短詩文学における「読み」のメカニズムだ。

■二月二二日　囀り

囀《さえず》りや十日許《ばか》りは日和《ひより》にて　一八九三(明治二六)年

季語「囀り」は、繁殖期の縄張り宣言であり求愛の歌。「十日許り」続く「日和」

を歓《よろこ》ぶのは鳥たちだけではなく、日課のごとく「囀り」を聞いている作者も同じに違いない。

「三日後の天気予報を出してもらひたい」とは『墨汁一滴』の一節。「三日後」どころか一週間後の予報でも〇〇町の午後〇時のピンポイント予報でも、自在に出せる時代になったが、鳥たちの営みは今日も変わることなく続いている。

■二月二三日　　蝶

蝶《ちょう》飛ブヤアダムモイブモ裸セ　　一九〇二（明治三五）年

一読、子規はこんな句も作っていたのかと驚いた。しかも明治三五年は、彼が死を迎える年。が、その事実に必要以上の意味をのせ解釈するのも如何《いかが》か……と迷う。

季語「蝶」をタイムマシンとし、アダムとイブの時代へ時空間移動できるのが俳人の想像力。軽やかに読んであげたいとも思うが、この年の一月から三月にかけ、子規は麻痺《まひ》剤《ざい》を服用する大痛苦の時期を過ごす。その事実を思うとチクリと心の痛い一句でもある。

■二月二四日　春の川

一桶《ひとおけ》の藍《あい》流しけり春の川

一八九五（明治二八）年

私の母の実家の屋号は「紺屋《こんや》」。私が物心ついた頃には染め物の仕事はやめていたが、家のすぐ側《そば》には小さな川があり、その川音を親しく聞いたものだった。

この句を評した碧梧桐に反論し、子規は、染め物を洗う水に藍が染みるのではなく「実際一桶の藍を流したので、これは東京では知らぬが田舎の紺屋にはよくあること」と自解している。子規が見、私が聞いた「春の川」音は、時代を超えて今、明るい光の下にある。

■二月二五日　馬刀貝

面白や馬刀《まて》の居《お》る穴居《お》らぬ穴

一八九三（明治二六）年

いきなり上五から「面白や」なんて言ってしまうんだから敵《かな》わない。しかも何を面白がっているかというと、馬刀貝《がい》の「穴」を覗いてるだけなのだから可笑《おか》しい。「馬刀」は横長な筒状の二枚貝。ものの本によると「干潟《ひがた》の生息穴に塩を入れ、反射的に飛び出すのを取るなどする」とあるが、たしかにこんな現場を見れば実に「面白や」に違いないし、この句を口に出して唱えるのもまた実に「面白や」なのである。

■二月二六日　　蒲公英

蒲公英《たんぽぽ》やローンテニスの線の外　　一八九八(明治三一)年

「ローンテニス」は、テニスの正式名。コートの線のすぐ外側に、「蒲公英」はプレーヤーの靴に踏まれもせずけなげに花を咲かせているのだ。

句友の香奈さんの趣味は漢字検定。「字にかいて蒲公英の名ぞなつかしき」の子規さんみたいに、こんな漢字がすらすら書けて読めて、果ては「なつかしき」なんて思ってくれる若い人が増えたらいいなと、俳句オバサンはいつも願っているのだ。

■二月二七日　鳥帰る

鳥帰る空や関所のかざり槍《やり》　一九〇一（明治三四）年

「鳥帰る」は、秋に北方からやってきた鳥が、再び帰っていくことをいう春の季語。「鳥帰る空や」という詠嘆の視線は、はるばると広がる北の空を指す。「や」「かな」「けり」等の切字は感嘆符に匹敵《ひってき》する詠嘆だが、そんな作者の感動に取り合わせるのが、「関所のかざり槍」。関所に残る由来あり気な「かざり槍」は古《こ》色蒼然《しょくそうぜん》とそこにあり、鳥が帰っていく水色の春空は、悠久《ゆうきゅう》の歴史を包みこんでそこに広がる。

■二月二八日　辛夷

稽古《けいこ》矢《や》の高く、それたる辛夷《こぶし》哉　一八九八（明治三一）年

かつて松山市御幸町界隈《みゆきちょうかいわい》に住んでいたから、ロシア兵墓地や松山大学弓道場あた

りは散歩コースだった。子規の句稿には「稽古矢のそれて飛《とび》たる辛夷哉」もあるが、「矢」ならば「飛たる」は当たり前。「高くそれたる」としてこそ「矢」の行方が見えてくる。

御幸の家の庭には「辛夷」が一本あったが、このところの陽気のせいでさんざんに狂い咲いた。「辛夷」の木のその後が気にかかる、今日は二月尽《じん》であるよ。

■三月一日　鶯

鶯《うぐいす》の鳴きさうな家ばかりなり　一八九六(明治二九)年

「根岸」と前書き。子規が、松山から呼び寄せた母や妹と一緒に暮らした町だ。山手線の鶯谷《うぐいすだに》駅からほど近い子規庵を初めて訪れた時、その目的の家がラブホテル街のど真ん中にぽつねんとあったのに驚いた。町の様変わりは「鶯の鳴きさうな家」ばかりだった根岸だけの話ではないが、「鶯に米の飯くふ根岸かな」「鶯の籠《かご》をかけたり上《かみ》根岸」などの句をあわせ読めば、当時の根岸の景色がほのぼのと思い起こされる。

■三月二日　　雛

昼過《ひるすぎ》や隣の雛《ひな》を見に行かん　　一八九七(明治三〇)年

上五「昼過や」の手法にはほとほと参る。他愛《たわい》なく見えて、効果はさりげなく大きい。

切字「や」は感嘆符に等しい詠嘆。唐突な上五にきょとんとしたまま、読者は「隣の雛を見に行かん」という言葉に乗せられ、まんまと作者の手口にはまってしまう。果ては、「きっとお雛様を見に来てね」と誘いにきたかもしれぬ「隣」の家の女の子の姿まで想像させられるから、いやはやまったく敵《かな》わない。

■三月三日　　桃の酒

雛もなし男ばかりの桃の酒　　一八九五(明治二八)年

日清戦争への従軍が決まった明治二八年、子規は三月三日に東京を出発する。この日、彼の学生時代の寮の舎監《しゃかん》でもあり、俳句の弟子をも名乗っていた「鳴雪翁《めいせつおう》」こと内藤《ないとう》鳴雪をはじめたくさんの友人たちが子規庵を訪れ、また新聞社の同僚十余人も「酒を置いて吾《われ》を送る」送別の宴《うたげ》を開いてくれた。掲出句は、その席での一句。飾る「雛」もあろうはずのない従軍への旅立ちの酒を「桃の酒」だと戯《たわむ》れてみせる子規がいる。

■三月四日　　蛇穴を出づ《い》

蛇穴《へびあな》を出て人間を恐れけり　　一九〇一（明治三四）年

子規は、蛇が苦手だった。が、「穴」を出てきた「蛇」もまた「人間」を怖れているのだということは、充分知っていたようだ。

動物園でロケをした時、体に大蛇《だいじゃ》を巻き付けてもらったことがある。蛇の皮膚は冷たく滑《なめ》らかで、ぐるぐるぐるぐる私の体の周りを回り続ける。「こうやって様子を見てこれが獲物だと判断したら、締《し》め上げてきます」と飼育員が説明してくれたのにはビビった。

■三月五日　長閑

大仏のうしろ姿も長閑《のどか》なり　一八九四(明治二七)年

「大仏」を見上げ、なんとおおらかなお顔であるかと喜び肯《うなず》き、「うしろ」に回って、うん、この姿もまた実に「長閑」なものであるよと満足げに眺めているのだ。誇大妄想《こだいもうそう》気味にして大風呂敷気味であった子規さん、「大仏」はお気に入りの句材だったとみえ、「大仏を取て返すや燕《つばくらめ》」「大仏に草餅あげて戻りけり」「大仏のうつらうつらと春日哉」などいかにも「長閑」な読みぶりの句を数多く残している。

■三月六日　山笑ふ

故郷《ふるさと》やどちらを見ても山笑ふ　一八九三(明治二六)年

春の山はいかにも笑っているようだという中国の書物から生まれたのが「山笑ふ」という季語。夏は「山滴《したた》る」、秋は「山粧《よそお》ふ」、冬は「山眠る」、四季四様の季語はどれも言い得て妙だが、断然好きなのは「山笑ふ」だ。

それにしてもいい句だ。ここまで手放しに心地いい「故郷」賛歌は滅多にない。

この「故郷」を子規も私も共有しているのだと思うと、なんだか心の底から愉快になってくる。

■三月七日　春の日

カナリヤは逃げて春の日くれにけり　一九〇〇（明治三三）年

病床の子規の元に「ある人が病床のなぐさめにもと心がけて鉄網《かなあみ》の大鳥籠《とりかご》を借りて来てくれた」のだが、その鳥籠の中にも「カナリヤ」がいた。

ヒワ・キンバラ・ジャガタラ雀・キンカ鳥そしてカナリヤたちが「実に愉快さうに」水浴びする様を見て、子規はハタと思い至る。「考へて見ると自分が湯に入ることが出来ぬやうになつてからもう五年になる」。折しも『墨汁一滴』三月七日の記述である。

■三月八日　春菊

春菊《しゅんぎく》や今豆腐屋の声すせ　一八九三(明治二六)年

子供の頃、硬貨と凹《へこ》んだボウルを渡され、数軒向こうの「豆腐屋」へよく行かされたものだった。「豆腐屋」の店の奥は暗く、土間は冷たく濡《ぬ》れ、店のおじさんは恐ろしく無口で、あまり心弾むお使いではなかった。

掲出句の「豆腐屋」はリヤカーを引いての商売。声がすれば、凹んだボウルを持って駆け出すのだ。折しも「春菊」の美味《うま》い頃。今日は、得意の一人鍋で一杯やりたくなった。

■三月九日　胡蝶

茨《いばら》にかけし胡蝶《こちょう》の羽《はね》の破れたる　一八九六(明治二九)年

「胡蝶」とは「蝶」の別称。柔らかな棘《とげ》を張り初《そ》めた「茨」に引っかかり、「羽」

が破れているというのだ。子規は蝶にも興味を持っていたらしく、「哲学書を入れた本箱の上に、『女王』と上書《うわがき》した小さい函《はこ》がある。これが僕の蓄《たくわ》へて居る蝶の宮殿だ」という熱の入った文章も書き残している。さすがに、羽の破れた蝶を標本にしはしないだろうが、そんな蝶も一七音の詩として自分の小函に仕舞っていくのが、俳人の愛《め》で方だ。

■三月十日　　春水

鯉《こい》の背に春水《しゅんすい》そそぐ盥《たらい》かな　　一九〇一(明治三四)年

「鯉」を病床に運び入れたのは短歌の弟子・伊藤左千夫《さちお》。「今鯉を水に放ちて春水四沢《したく》に満つる様《さま》」を見せるという趣向を、「病に籠《こも》りて」いる子規は大層喜び「鯉の吐く泡や盥《たらい》の春の水」「鯉はねて浅き盥や春の水」「鯉の尾の動く盥や春の水」など十句を作った。

その中で私が一番好きなのが掲出句。きらきら「盥」に跳ねる水はいかにも春の明るさ。小さな「盥」の中の「春水四沢」を心から楽しむ子規の笑顔が見える。

■三月一一日　　春雨

春雨《はるさめ》やお堂の中は鳩《はと》だらけ　　一八九三(明治二六)年

「浅草観音」と前書きのある句。実はこれ、私が全国の学校を回って展開している俳句の授業「句会ライブ」の教材としても、時折お借りする一句だ。

この句＋二句を並べ「小学生が作った俳句はどれ?」という当てっこクイズ。この句はダントツで、小学生が作った！と、小学生に言われる。彼ら曰《いわ》く「鳩だらけってとこがどうみても子供っぽいよ」。いやいや君たち、この語り口こそが子規さんの魅力なんだよ。

■三月一二日　　春風

春風《はるかぜ》にこぼれて赤し歯磨粉《はみがきこ》　　一八九六(明治二九)年

「歯磨粉」から練《ねり》歯磨に変わったのはいつかと調べてみれば、日本初の練歯磨「福原衛生歯磨石鹼《せっけん》」が資生堂から発売されたのが明治二一年。陶製の容器に入ったこの商品は、粉歯磨の約十倍の値段。当時の庶民にとってはまだまだ「歯磨粉」が主流であったようだ。

「歯磨粉」は衣服や床に飛び散るのが欠点ながら、「春風」に散るさまを「こぼれて赤し」と楽しげに表現するところが、いかにも子規さんらしい一句だ。

■三月一三日　菜の花

菜の花やはっとあかるき町はづれ　一八九〇(明治二三)年

「菜の花」のためにあるような「はっとあかるき」という措辞《そじ》から、下五「町はづれ」の景を立ち上げる俳句的間合いとでもいうべきリズムが、素朴で心地よい一句だ。

「菜の花」の句で思い出すのは、「野糞《のぐそ》二首」と前書きのある『かくれみの句集』所収の二句、「菜の花のかをりめでたき野糞哉」「菜の花の露《つゆ》ひいやりと尻をうつ」。この時代ならではの場面であることよと、暫《しば》し苦笑、苦笑。

■三月一四日　摘草

摘草《つみくさ》や三寸程《ほど》の天王寺　一八九三（明治二六）年

「摘草」といえば、料理上手だった祖母を思い出す。当時、鄙《ひな》にはまれなメレンゲオムレツや魚のムニエルや随分ハイカラな料理も作る祖母だったが、親類一同が楽しみにしていたのは蓬餅《よもぎ》。大きな布袋を持ち、祖母と私と妹は蓬を摘みにでかけたものだった。

振り向くと「三寸程の天王寺」が見えるというこの遠近法が、いかにもいきいきした一句。ここもまた毎年訪れる絶好の「摘草」ポイントなのかもしれない。

■三月一五日　涅槃会

涅槃会《ねはんえ》や蚯蚓《みみず》ちぎれし鍬《くわ》の先　一八九二（明治二五）年

「涅槃会」は、釈迦が亡くなった旧暦二月一五日に行われる法要《ほうよう》。現在は三月一五日前後に行われることが多い。愛媛県内子町《うちこちょう》・高昌寺《こうしょうじ》の「涅槃会」は、見事な涅槃図もさることながら、本堂にぐるりと掲げられる地獄絵図もまた俳人魂をそそるものである。

人の善行悪行《ぜんこうあくぎょう》は一言で白黒つけ難《がた》い複雑なメビウスの帯。鍬を振り下ろす人も、その「鍬の先」にちぎれる「蚯蚓」も共に輪廻転生《りんねてんしょう》の輪の中の健気《けなげ》な生き物だ。

■三月一六日　燕

燕《つばくら》の何聞くふりぞ電信機　一八九二(明治二五)年

あたかも「燕」が「電信機」の内容を小首を傾《かし》げ聞いているかのようだ、という一句。

子規の文章「四百年後の東京」には、三重に架かった橋に「高架鉄道」が走り「三層五層の楼閣《ろうかく》」の店には「あるとある贅沢《ぜいたく》あるとある快楽」が集まって……と記されている。四百年どころか、子規没後百年と少しで彼《か》の予想を遥《はる》かに超えてしまった現代の様相を、彼の「燕」はやはり小首を傾げて眺めているのかもしれない。

■三月一七日　彼岸

毎年よ彼岸《ひがん》の入《いり》に寒いのは　一八九三(明治二六)年

「母の詞自《ことばおのずか》ら句になりて」と前書きのある一句。母・八重《やえ》の言葉がそのまま俳句になっていることに気づき、ほのぼのと一句したためた子規さんである。

伊豫豆比古命《いよずひこのみこと》神社、通称、椿《つばき》神社は商売の神様。松山では「椿さんが終わると春が来る」と言うが、暖冬だったある年、椿まつりまで寒さが残るもんか、伝説破れたり！　と噂《うわさ》をしていた。が、椿まつり初日の朝、我が九階の窓から見える石鎚《いしづち》山には雪が積もり、寒さが完全にぶり返していたのには驚いた。さすがは椿さん！

■三月一八日　落椿

花椿《はなつばき》こぼれて虻《あぶ》のはなれけり　一八九三(明治二六)年

「落椿《おちつばき》」と分類された句。一輪の「花椿」が枝からこぼれたとたん、深い花の内から「虻」が離れていく、その短い時間の映像が過不足ない言葉で表現されている。「椿」の特性は、やはりその落ちざま。「一つ落ちて二つ落《おち》たる椿哉」「から臼《うす》の中に落たる椿哉」「順礼《じゅんれい》の杓《ひしゃく》に汲みたる椿かな」など、子規の「落椿」を見つめる視線はあくまでも映像的にして写実的。まさに写生という技法を活かした作品たちである。

■三月一九日　　初桜　　一八九三（明治二六）年

此雨《このあめ》で初桜《はつざくら》にもなりさうな

暖かい「此雨」で今年最初の桜が咲きそうだとの呟《つぶや》きがそのまま俳句になった。最近の陽気でいちどきに咲いた彼岸《ひがん》桜は、明日の彼岸の入りを待たずして盛りを過ぎてしまった。この分では松山市南江戸《みなみえど》の大宝寺《だいほうじ》の姥桜《うばざくら》も、石手川《いしてがわ》公園の染井吉野《そめいよしの》もあっという間に咲ききってしまいそうだ。毎年仲間たちと行う「花百句」は、桜の句を一人が百句ずつ詠もうという修業。例年にもまして桜の咲き具合が心にかかる春になりそうだ。

■三月二〇日　孕雀

捕ヘタル孕雀《はらみすずめ》ヲ放チケリ　一九〇二（明治三五）年

明治三五年は子規が死を迎えた年。一月一九日から病状は次第に悪化する。カナリヤやジャガタラ雀を入れて楽しんだ大鳥籠《とりかご》を、鳥の鳴き声が「頭に障《さわ》る」と手放したのが三月二〇日の出来事。泣き喚《わめ》いては麻痺剤を服用する大痛苦の時期は、七月のわずかな安定期まで続く。

掲出句はそんな時期の一句。捕らえた「雀」の腹のわずかな膨らみは生の象徴として晩年の子規の目に映ったに違いない。そう思うと、それもまた無惨である。

■三月二一日　土筆

看病や土筆《つくし》摘むのも何年目　一九〇二（明治三五）年

「律《りつ》土筆取にさそはれて行《いき》けるに」との前書き。妹の律に一日の気休めを勧め「看病」の現場から連れ出したのは、弟子の碧梧桐。律は、沢山《たくさん》採れたと大喜びして帰ってくる。

大痛苦にのたうつ己《おのれ》の代わりに我が妹を労《ねぎら》ってくれる碧梧桐の優しさは子規の心に染みただろうし、沢山の「土筆」の袴《はかま》を取りつつ語られる土産《みやげ》話は、つかの間の笑い声ともなっただろう。テクニックの上手下手を超えて心に響く一句である。

■三月二二日　春の夜

春の夜や寄席《よせ》の崩れの人通り　一八九五(明治二八)年

「余は偏屈なり　頑固なり　すきな人はむやみにすきにて嫌ひな人はむやみにきらひなり」と自己分析する子規だが、漱石との友情は互いの落語好きから始まった。「何でも大将にならなけりや承知しない男であつた」と子規を評する漱石だが、二人を繋《つな》いだキーワードが「笑い」であったのは如何《いか》にも興味深い話だ。「寄席の崩れ」の人波とさざめきは、艶《つや》を含んだ「春の夜」の余韻《よいん》となり、二人の若者を包んでいたに違いない。

■三月二三日　蛤

蛤《はまぐり》の荷よりこぼるるうしほ哉　一八九三（明治二六）年

獲《と》ってきたばかりの「蛤」を舟から下ろす光景だろうか。どっとこぼれる「うしほ」は、さっきまで蛤が生息していた春の海の匂いを惜しみなく放つ。「蛤」とは浜の栗みたいだという他愛《たわい》ない命名だが、中国から入ってきた蛤にまつわる話は不可思議にして壮大だ。彼《か》の国における「大蛤」を表す漢字は「蜃気楼《しんきろう》」の「蜃」。大きな「蛤」が海中で吐いた気が、蜃気楼となって現れるという誇大妄《こだいもう》想《そう》的発想は、子規好みか。

■三月二四日　弥生

鯛提《たいさ》げて裏家《うらや》へ這入《はい》る弥生《やよい》哉　一八九六（明治二九）年

春に獲れる「鯛」は「桜鯛・花鯛」と呼ばれ立派な季語となっているが、この句の季語は「弥生」。産卵期を迎えた桜色の「鯛」を提げ「裏家」へ入る人の姿に「弥生」の季節を感じ取るという一句だ。勿論《もちろん》、「鯛」を提げている人物を作者自身と読んでもいい。

同じく子規の句「鯛提げて裏町帰る弥生哉」は、掲出句のほんの少し前の時間を切り取った作品。並べて読むと、まるでパラパラ絵本のごとき趣《おもむき》である。

■三月二五日　菊の芽

菊の芽の一寸《いっすん》にして名むつかし　一八九六(明治二九)年

たった「一寸」ほどの「菊の芽」であるのに、小癪《こしゃく》にも小難しいこの「名」は、一体なんと読むのだろう、と首を傾《かし》げているところか。

「菊」の名って確かに「むつかし」そうだと思って調べてみると、色や形が想像できる「白鶴頂」「錦雀舌」なんて名もあれば、中国の美人の名を冠した「錦西施」というのもある。子規さんのこの「菊の芽」、秋には一体どんな花を咲かせたことだろう。

■三月二六日　炉塞《ろふさぎ》

今日か明日か炉《ろ》を塞《ふさ》がうかどうせうか　一八九六(明治二九)年

呟《つぶや》いた言葉をそのまま俳句にしてしまうのは、子規さんの得意技。「炉を塞がうかどうせうか」の口調は、まさに逡巡《しゅんじゅん》。率直すぎるほど率直な「炉塞」の一句だ。

冬以外の寒さを表現する季語は様々あるが、桜の頃の寒さを「花冷《はなびえ》」、若葉が萌える頃の寒さを「若葉冷《わかばびえ》」ともいう。そんな美しい季語の世界に己を浸《ひた》し呻吟《しんぎん》しつつ、ああこの炉を明日は「どうせうか」……ん？　一句できた！　なんてやってるのが、俳人の可笑《おか》しさ。

■三月二七日　柳鮠

足音にはつと散りけり柳鮠《やなぎばえ》　一八九三(明治二六)年

「柳鮠」とはどんな魚かと、ものの本を開くと「特定の魚の名ではない」とある。

じゃあ何だ？　と読み進めれば、「東京ではウグイ、琵琶湖ではオイカワ、高知ではカワムツ」だという。要は「春の五センチ足らずの柳の葉に似た魚」の総称が「柳鮠」らしい。

誰かの「足音」にハッと散った「柳鮠」のすばしこい動きは、春の魚ならではの軽やかさ。春の川辺には若い柳もゆらゆらと影をおとしているに違いない。

■三月二八日　桃の花

故郷《ふるさと》はいとこの多し桃の花　　一八九五（明治二八）年

前書きに「松山」とある一句。子規が故郷・松山を詠んだ有名な句には「春や昔十五万石の城下哉《かな》」「松山や秋より高き天守閣」もあるが、私はなんといってもこの「桃の花」の句や「故郷やどちらを見ても山笑ふ」のような素顔の子規の笑顔が見える句が好きだ。

子供の頃は兄弟姉妹のように育った「いとこ」たちが住んでいる「故郷」は、今まさに「桃の花」ざかり。その明るさもまた親しげな故郷であることよ。

■三月二九日　　接木

接木《つぎき》する片手に蜂を払ひけり　　一八九九(明治三二)年

「接木」とは「芽のついた枝を切りとり、近縁の植物の木の幹につぎあわせ、繁殖と品種改良をはかること」。この作業は春の季語として歳時記に採録されているが、実は「蜂」も春の季語。いわゆる季重なりの句だが、近寄った「蜂」を片手で追い払いながら「接木」の作業に熱中している様子なのだから、主たる季語は「接木」だと考えていい。邪険《じゃけん》に払った「片手」が一瞬「蜂」に触れたかのような心地を共有する一句だ。

■三月三〇日　　山桜

山桜《やまざくら》仁王の腕はもげてけり　　一八九三(明治二六)年

最初の一句を作りたい人に、私は「取り合わせ」の手法を薦《すす》める。まず五・七か、七・五の一二音フレーズを作ってもらい、そのフレーズに似合った五音の季語を探すというやり方だ。一二音フレーズと季語とは、意味の上で関係性を持たせないことが大切なコツだ。

　この句はまさにそのお手本。「腕」がもげてしまった「仁王」の立つ山門の向こう、大きな「山桜」が覆いかぶさるように咲いている映像が鮮やかに見えてくる。

■三月三一日　　花

花十日五日は雨にふられけり　　一八九〇（明治二三）年

「花」といえば「桜」を指すのが、俳句のお約束事。「花」が咲き始めて今日で「十日」になるが、そのうちの「五日は雨にふられ」ているよ、という一句には、難しい漢字も言葉も一切使われていないが、読者は時空を超えて「ふられけり」の詠嘆を共感する。

　明治二三年といえば子規は二四歳。ユニホーム姿の写真もこの年。晴れれば野球に興じ、降れば「花」の句を作る。まさに健全な青年・子規の時代の一句。

花見

■四月一日　花見

たらちねの花見の留守や時計見る　一九〇二(明治三五)年

「たらちねの」は「母」にかかる枕詞《まくらことば》。前書きに「母ノ花見ニ行キ玉ヘルニ」とあるこの句は、子規没年の作品である。妹・律を土筆《つくし》取りに誘った弟子・碧梧桐は次の日曜日、母・八重を気晴らしの花見に連れ出す。もう着いた頃か、弁当を広げたか、そろそろ帰り支度の頃かと何度も「時計見る」子規の心情を思うと、この母子にやがて訪れる結末にひたひた胸が痛みもする一句だ。

■四月二日　桜

馬車の上に垂るるホテルの桜哉　一八九八(明治三一)年

大きな大きな枝垂《しだ》れ桜を想像した。そして、どっしりとした石造りの古い「ホテル」を想像した。大理石の玄関につづくアプローチには、今を盛りの「桜」が美しい枝を天蓋《てんがい》の如《ごと》く垂らし、玄関に横付けされた「馬車」は、客を迎えるべく静かに佇《たたず》んでいるのだろう。

やがてこの瀟洒《しょうしゃ》な「ホテル」から出てくるであろう客もまた、「桜」の素晴らしさを口々に讃《たた》えながら、ゆっくりと「馬車」に乗り込んでいくに違いない。

■四月三日　散る桜

おとつさんこんなに花がちつてるよ　一八九二(明治二五)年

一読、はぁ？　と目が点になった。脳が勝手にこの句を覚えてしまって、何かの独り言のごとく口をついて出てくるものだから、ずいぶん迷惑した(？)一句だ。

かつて松山の一六タルトのＣＭで伊丹十三《いたみじゅうぞう》さんが、悠長《ゆうちょう》な伊予弁《いよべん》を披露し好評を博したことがあったが、この句はどうみても江戸弁だよなあ。伊予弁だと「おやっさん、こがいに花が散りよるぞな」ぐらいになるのか。

■四月四日

桜鯛《さくらだい》

板の間にひちひちはねるさくらだい

一八九四(明治二七)年

桜鯛は桜の頃に獲《と》れる鯛。産卵期を迎えた鯛は、桜のような婚姻色《こんいんしょく》を発する。小学生の頃、夕方になると父と毎日釣りに出た。父と私の秘密のポイントでは、二〇～三〇センチ級の鯛や目張《めばる》がバンバン釣れた。暗い海の底からきらきらと上がってくる桜色の鯛の美しさは、まさに興奮であった。「板の間」で跳《は》ねる「ひちひち」という音は、「さくらだい」以外のものではありえないリアリティーの一語だ。

■四月五日

夕桜

夕桜《ゆうざくら》何がさはって散りはじめ

一九〇一(明治三四)年

「夕桜」は夕暮れの頃の桜。「夕」の一字が入ることで、桜の背後には深い陰影《いんえい》が生まれる。オレンジ色の夕日が海の向こうに身を沈めるにつれ空は紫の分量をふやし、地に群青《ぐんじょう》の暮色《ぼしょく》が広がっていくにつれて「桜」はその色をさらに白く白くしていく。

みつめていると「夕桜」がはらりと「散りはじめ」た。何が触ったわけでもなく花がふっと散り始める「瞬間」に、遥かな「永遠」を感得する俳人がここにいる。

■四月六日　汐干狩

汽車に乗て汐干《しおひ》の浜を通りけり　一八九九（明治三二）年

「汐干の浜」とは、潮干狩りの人々が集《つど》う干潮《かんちょう》の浜。作者は「汽車」の窓からそれを眺めているのだ。「汽車に乗て」というゆったりとしたリズムから広がる春の浜の光景はいかにも心地よく、「汽車」の窓から吹き込む風は春潮《しゅんちょう》の香《かおり》を濃くしていくのだろう。

読者は、そんな車窓《しゃそう》を作者と共に楽しみつつも、一句読み終わったとたん、広い干潟《ひがた》の側《そば》を通り過ぎ遠ざかる「汽車」の姿を見送る心地になっていくから不思議だ。

■四月七日　蜂

蜂の巣に蜂の居《お》らざる日和《ひより》哉　一八九九(明治三二)年

「蜂の巣」を眺めていると、さっきから「蜂」一匹の出入りも見えず、成《な》る程《ほど》この日和だから「蜂」は忙しく働いているに違いない、なんて納得している一句だ。

子規の「蜂」の句には「葡萄酒《ぶどうしゅ》の蜂の広告や一頁《ページ》」もある。当時の雑誌・新聞を思えば何ともハイカラな広告ではないか。「葡萄酒一杯」は、彼の病床の定番メニュー。滋養強壮の食前酒は、「牛乳一合ココア入」と共に、常に彼の食膳にあったハイカラな飲み物だ。

■四月八日　花御堂

花御《はなみ》堂《どう》の花しほれたる夕日哉　一八九八(明治三一)年

釈迦《しゃか》誕生の四月八日「花祭《はなまつり》」の日、境内《けいだい》に設《しつら》えられる小さなお堂を「花御堂」と呼ぶ。

毎年この日は、甘茶《あまちゃ》を頂くため、薬缶《やかん》を持たされお寺へお使いに行かされた。子供のくせに甘いものが嫌いだった私は、甘茶も大嫌いだった。嬉しいお使いではないのでぐずぐずしていては祖母に叱られた。「花御堂」を飾る椿《つばき》や桜や菜の花がぐったり萎《しお》れる頃、私は寺へ続く夕日の坂をしぶしぶ上り始めたものだった。

■四月九日　孕鹿《はらみじか》

三日月を夢みて鹿の孕《はら》むらん　一八九三（明治二六）年

「三日月」も秋の季語ではあるが、この句の場合は「孕鹿」が主たる季語。五月、六月が出産期となる鹿は、大きな腹をかかえ物憂げな春を過ごすのである。

その「孕鹿」に対し、「三日月」を夢に見ながら「鹿」は孕むに違いないよ、と呟くかの如きこの作品は、子規の句としてはやや異色の類《たぐい》。細く光る「三日月」のような胎児を思えば、春の牝鹿《めじか》の白い斑《まだら》もまた「三日月」の紋様に似ている……とも思えてくる。

■四月十日　柳

活《い》けんとして柳置きたる畳哉《たたみ》　一八九八(明治三一)年

「活けんとして」水盤《すいばん》を用意し花鋏《はなばさみ》を出すささやかな時間、しばし「畳」の上に置かれた「柳」の柔らかな感触。こんな小さな場面もこんな鮮やかな一句になる。

子規の「柳」の句で印象的なのは、明治二八年、従軍記者として広島を経由し清《しん》国《こく》・金州《きんしゅう》へ向かうあたりの作品。「広島は柳の多きところかな」「金州の城門高き柳かな」「渤海《ぼっかい》の平らにつづく柳かな」。それぞれの地名に対する「柳」の情感が、それぞれに味わい深い。

■四月一一日　杏の花

一村は杏《あんず》と柳ばかりかな　一八九五(明治二八)年

前書きに「金州城外」とある。この年、子規は近衛《このえ》連隊付き記者として清国・金州に渡る。「小生今迄《まで》にて尤《もっと》も嬉しきもの」とこの従軍決定を手放しで喜んだ子規であったが、いざ従軍してみると記者への待遇の悪さ、屈辱的暴言に憤懣《ふんまん》しきり。早々と帰国許可を請うことになる。実際の帰国は講和条約批准《ひじゅん》の後だが、掲出句はその束《つか》の間《ま》の散策から生まれた一句。「杏と柳」の美しさにひととき心を和《なご》ませる俳人・子規がいる。

■四月二二日　春

春や昔古白《こはく》といへる男あり　一八九五(明治二八)年

前書きに「古白を悼《いた》む」とある。「古白」はこの年ピストル自殺を図《はか》った子規の従兄弟《いとこ》。失恋がきっかけという説もあるが、その遺書は冷静で哲学的。子規は「陣中日記」四月二四日の記述にもこの追悼句を載せている。

そんな子規もこの従軍から帰国する船中で喀血《かっけつ》するわけだが、二年後には「古白死して二年桜咲き我病めり」という句も遺《のこ》している。いずれも若い桜の如き命たちである。

■四月一三日　霞

日本のぽっちり見ゆる霞《かすみ》哉　一八九五（明治二八）年

「大連湾《だいれん》に行く海上対馬《つしま》を見返りて」と前書きのある一句。さらに「大連湾」との前書きのある「大国の山皆低きかすみ哉」もあるが、どちらも実感の伝わる作品だ。

　私が大連を訪れたのはアカシアの咲く頃だったが、大連湾からの眺めはまさに「霞哉」の詠嘆に尽きた。大連港第二埠頭《ふとう》は深い夏霞の中に延び、クレーンが一基物憂げに動いていた。この埠頭から毎日のように引揚船が出港した時代が、今も霞の中に在る。

■四月一四日　春の草

ねころんで書《ふみ》よむ人や春の草　一八八五（明治一八）年

『子規選集』年表によれば、明治一八年が子規が句作を開始した年。この年一月の

「雪ふりや棟《むね》の白猫《しろねこ》声ばかり」が、制作年月日が判明している最初の作という。が、「雪」が降ったので「白猫」は声しか聞こえないという発想は、なんとも陳腐《ちんぷ》。対する掲出句「春の草」のなんと瑞々《みずみず》しいことよ。「ねころんで書よむ人」が感じとる「春の草」の柔らかな感触や青々とした香りを、読み手も共に楽しむことのできる一句だ。

■四月一五日　鳥の巣

鷲《わし》の巣と見えて大きな卵哉　一八九六（明治二九）年

「鳥の巣」が春の季語。「燕《つばめ》の巣」「鴉《からす》の巣」等さまざまな鳥が作る「巣」もそれぞれ季語となっている。「鷲の巣と見えて」とあるから、これは木の上にある巣。小高い場所から眼下の梢《こずえ》を眺め、あの「大きな卵」は「鷲」の卵かなあ、なんて言ってるんだろう。

大きな木に鷺《さぎ》が沢山の巣を作っている光景を近くの川沿いで毎年見るが、春は抱《ほう》卵《らん》の季節。「鳥の巣」の様を詠み分ける吟行《ぎんこう》なんてのも、やってみたくなるなあ。

■四月一六日　　菫

フランスの菫《すみれ》を封す書信かな　　一八九八(明治三一)年

「フランス」という美しい言葉の響きを子規は好んだのだろうか。「桑つみのふらんす語るやすみ哉」「フランスの一輪ざしや冬の薔薇《ばら》」などの句も思い浮かぶ。好奇心旺盛な子規の枕元には「直径三寸の地球儀」が置かれていたが、彼はそれをクルクル回しながら訪ねることの叶《かな》わぬ外《と》つ国に思いを馳《は》せたに違いない。「フランス」から届いた「書信」に同封されていた「菫」、その乾いた紫の向こうに未知の国がほの見える。

■四月一七日　　虻

虻《あぶ》の声臍《へそ》のあたりを飛去《とびさ》らず　　一八九七(明治三〇)年

「虻」の飛ぶ音もそのしつこさも鬱陶《うっとう》しい限りであるが、己《おのれ》の「臍のあたり」を一向に飛び去ろうとしないとなれば、さらにイライラ感は増す。

子規は、明治三〇年三月に腰部《ようぶ》を手術。四月にも再度手術を受けたが、五月頃から病状が悪化する。勿論、一句成立時におけるこんな情報無くしても「臍のあたりを飛去らず」は身動きできない己を表現した客観的な描写である。上五「虻の声」という表現も巧《うま》い。

■四月一八日　　　　春の暮

石手寺《いしてじ》へまはれば春の日暮れたり　　　　一八九五(明治二八)年

明治二八年、清国へ従軍するまでの一時帰郷の折、子規は父・隼太の墓に詣《もう》でる。掲出句は、その当日か翌日道後から石手寺へ歩いた時の作品と見られる。

そんな作者の個人的状況はさておき、「石手寺へまはれば」というゆったりとした措辞《そじ》には、日も長くなってきたし、ついでに「石手寺」もお参りして帰ろうかという気分が見えるし、その結果としての「春の日暮れたり」もまた、春らしい終日《ひねもす》のたりの一句だ。

■四月一九日　朧月

朧月《おぼろづき》どこまで川の長いやら　一八九三(明治二六)年

同じ思いを、いつか、どこかで心に持ったことがあるような気がする。水気を帯びた「朧月」、変化を拒むかのように続く「川」の光景……と、ここまで書いてハッ！と思い当たった。季節は冬だが「暖房の車窓に長し夜の河」はワタクシの一句。時空を超えて広がる俳句的共感は、こんなふうに読者と作者を繋《つな》ぐのである。

子規同年作「家焼けたあとの匂《にお》ひや朧月」「朧月耳なし山を見に行かん」も愛唱の佳句。

■四月二〇日　藤

藤の花長うして雨ふらんとす　一九〇〇(明治三三)年

「藤の花」といえば、その花房《はなぶさ》の丈《たけ》に心をそよがせたくなる晩春の季語だが、子規の句もまた同じ心持ちに満ちている。この「藤の花」に「雨」はまだ及んでいない。が、光りなだれるような「藤の花」の縦の構図に、やがて降ってくるであろう「雨」、そして花房にたまっていくであろう美しい雫《しずく》も想像される。かの有名な短歌「瓶《かめ》にさす藤の花ぶさみじかければたたみの上にとどかざりけり」と共に愛唱の一句だ。

■四月二一日　陽炎

雨晴れて鶏陽炎《とりかげろう》の土を掘る　一八九四(明治二七)年

「雨晴れて」後の湿気を含んだ熱気。ゆらゆらと蒸れる「陽炎の土」。それを掘り返す「鶏」の臭《にお》い。全てが読者の五感をリアルに刺激する作品だ。

選句していてぶっ飛んだのが、明治二九年作「台湾や陽炎毒を吹くさうな」。明治時代の「台湾」はマラリア・赤痢などの悪疫地《あくえきち》。明治七年に終わった台湾出兵の際、日本の戦死戦傷死者は一六名。が、病死を含めての日本軍全体の死者は八〇〇名もあったのだそうな。

■四月二二日

若鮎《わかあゆ》の二手《ふたて》になりて上《のぼ》りけり　　若鮎　一八九二(明治二五)年

前書きには「石手川出合渡《であいわたし》」とある。碧梧桐に宛てた手紙には「若鮎の二手になりて流れけり」と記されていたが、後に「上りけり」と推敲《すいこう》した。この推敲の効果は改めて語るまでもなく雲泥《うんでい》の差。「流れけり」では「若鮎」という季語の瑞々《みずみず》しさも清冽《せいれつ》さも表現出来はしない。前書きが示す、二つの川が出合う「出合渡」という場所の情報を加味して読めば、一句の世界はさらにダイナミックに立ち上がってくる。

■四月二三日

あれにけりつばなまじりの一ノ坪　　茅花《つばな》　一八九二(明治二五)年

この頃、子規は盛んに「〇〇十二カ月」に挑んでいる。掲出句は、「松山名所名物十二カ月」の一句。「つばな」は「茅花」と書くイネ科の多年草・ちがやの花穂《かほ》である。

「一ノ坪」は現在の松山市市坪《いちつぼ》。ものの本によると「石手川が度々《たびたび》氾濫《はんらん》していたので下流の市の坪は特にひどかった」のだという。「つばな」の銀色の花穂のみが光る荒れた地の光景を名所として捉えるのが、子規という人間の面白さだ。

■四月二四日　豆の花

豆の花さくや小川の水の勢《せい》　一八九二(明治二五)年

新しいマンションに移って三カ月がたった。終《つい》の棲家《すみか》となるはずの部屋を探すにあたり、事務所に電車で通える・温泉が近い・吟行《ぎんこう》できる散歩道がある、の三点を条件にした。今の住み心地はまずまず。「豆の花」の畑もあれば、近くの「小川」には鷺《さぎ》の姿も見え、雨後の明るさに走る「水の勢」に耳を楽しませる日もある。

助詞「の」が刻むリズム、中七の切字「や」のアクセント、春らしい韻律《いんりつ》の一句だ。

■四月二五日　苗代

苗代《なわしろ》の雨緑なり三坪程《みつぼほど》　一八九五(明治二八)年

そういえば最近「苗代」って見ないなあ……と思えば、歳時記にこんな記述。「田植機が機械化された昭和四〇年代以降、育苗箱《いくびょう》に籾種《もみだね》を蒔《ま》く方式がとられ、現在ではほとんどの地域で苗代は姿を消した」。

数年前、私は『絶滅寸前季語辞典』という本を書いたが、「苗代」がこんな運命を辿《たど》っているとは気付かなかった。「苗代の雨緑なり」という光景の向こうに、「昭和生まれ一億人割れ」という今朝の新聞の見出しが見え隠れする。

■四月二六日　春の夕

影長し春の夕日の大草鞋《おおわらじ》　一八九四(明治二七)年

我が故郷、愛媛県愛南町《あいなんちょう》・家串《いえくし》には、東の「うねの松」と西の「龍王様」にそれぞれ「大草鞋」が祀《まつ》ってある。子供の頃、祖父から「草鞋を履いた大男が村を跨《また》ごうとして尻餅をついて、その時に出来たのがこの湾じゃ」と聞かされたが、豪放な法螺《ほら》吹き爺さんだった祖父のことゆえ、話の真偽は定かではない。「春の夕日」に延びる「大草鞋」の「影」に故郷の海の匂《にお》いを感じるのは、ワタクシの個人的感傷ゆえの鑑賞。

■四月二七日　芹

一籠《ひとかご》の蜆《しじみ》にまじる根芹《ねぜり》哉　　一八九三(明治二六)年

「蜆」も「芹」も春の季語。蜆売りの「籠」か、自ら「蜆」を獲《と》りに行った川の「根芹」か。何《いず》れにしても「一籠」の「蜆」の黒褐色《こつかっしょく》の中にまじる「根芹」の緑と白のコントラストが眼目の一句だ。切字「哉」の詠嘆も美しい。

「蜆殻もとの流に捨てにけり」も子規の句。果たして捨てた殻を蜆族が再利用するものかどうかは知らないが、これもモノを地に返す方法の一つだった時代の話である。

■四月二八日　鐘霞む

髭剃《ひげそ》ルヤ上野ノ鐘《かね》ノ霞《かす》ム日ニ　一九〇二(明治三五)年

「霞」の傍題ではなく、「鐘霞む」という一季題として分類されていた一句。「霞」を聴覚で捉えている点に、子規なりの季語分類的主張があるのだろう。

明治三五年は子規の没年。この春頃から、物音が苦痛になり、傍らに居る人や器物にも圧迫を感じ、歯茎の痛みと口中の膿《うみ》で物が食べられなくなっていく。「髭剃ルヤ」という詠嘆は、霞む「上野ノ鐘」の音《ね》も心地よいほどに小康を保った、ある稀《まれ》な一日であったに違いない。

■四月二九日　蛙

飛びこんで泥にかくるる蛙《かわず》哉　一八九三(明治二六)年

季語のことだけで一句を詠み上げる手法を「一物仕立て」と呼ぶ。掲出句はまさに「蛙」の一物仕立て。下五に季語が出現したとたん、「飛びこんで泥にかくるる」者の正体が分かるという仕掛の一句でもある。「小川からぬれて蛙の上《あが》りけり」「逃げざまに足つかまれし蛙哉」をあわせて読めば、まるで『鳥獣戯画《ちょうじゅうぎが》』を眺めているようなイキイキ感。好奇心に満ちた観察眼が見えてくる。

■四月三〇日　田螺

ある時は月にころがる田螺《たにし》哉　一八九二（明治二五）年

いきなり「ある時は」から始まるこの一句。「ある時」がどんな時か説明しないまま、「月にころがる」と状態を語り、転がっているのは何……と思う間もなく、読み手の目の前には「田螺」が出現する。月下に転ぶ「田螺」の姿は、独特のユーモアを醸《かも》し出す。

静かな春の夜、なんの声ともしれない声が聞こえてくるのを、季語の世界では「田螺鳴く」ともいうが、この月下の「田螺」もほそほそと鳴いているに違いない。

■五月一日　　茶摘《ちゃつみ》

摘《つ》みためし手のひらの茶のこぼれけり　　一九〇〇(明治三三)年

TV番組のロケで「茶摘」の現場を訪ねたことが何度かある。摘んだ茶を入れる籠を腰に括り付け、茶摘みも体験させてもらったが、向こうの広い斜面で一網打尽《いちもうだじん》に茶を摘み取る機械が豪快な音を立てていたのには驚いた。子規の句《くく》に「人も見ず山の凹《へこ》みの茶摘歌」もあるが、あんな機械が活躍する時代ともなれば、「茶摘歌」なんて悠長《ゆうちょう》な季語こそが存亡を真っ先に問われることになりそうだ。

■五月二日　　山吹

水かふや山吹《やまぶき》つつく馬の鼻　　一八九三(明治二六)年

「水かふ」は「水飼ふ」と書く。「馬などに水を飲ませる」ことをいう。「水かふ」

ために川辺《かわべ》に馬を引いてくると、馬は水を飲みもせず、その鼻先で「山吹」の花をつついているのだろうか。それとも水を飲む度《たび》に、水際の「山吹」に馬の鼻先が触れるのだろうか。

同じく子規の句に「山吹の岸も過ぎけり渡し舟」もあるが、「水かふ」という言葉が日常に生きていた時代の光景がありありと立ち上がってくる二句だ。

■五月三日

春惜む

春惜《おし》む宿や日本の豆腐汁　一九〇二（明治三五）年

「叔父欧羅巴《ヨーロッパ》へ赴《おもむ》かるるに笹《ささ》の雪を贈りて」と前書きがある。叔父・加藤拓川《たくせん》が五月三日ベルギー公使として出立《しゅったつ》するに先立ち、子規は「笹の雪」にそえてこの句を贈っている。

私が初めて東京・根岸の子規庵を訪ねた時、豆腐料理の名店・笹乃雪の前を通りかかり、おお！　ここか！　とやたら感激したのを思い出す。老舗《しにせ》の豆腐の味を思うと、いかにも「春惜む」に相応《ふさわ》しい「日本の豆腐汁」であるよと思えてくる。

■五月四日　　雀の子

雀《すずめ》の子忠三郎《ちゅうざぶろう》も二代かな　　一九〇二(明治三五)年

「加藤叔父男子出生」との前書きのある一句。『坂の上の雲』の主人公の一人・秋山好古《よしふる》の友人でもある加藤拓川は、フランス留学の後、外務省に入りベルギー公使等を歴任。第五代松山市長をも務め上げた人物である。好古は彼のことを「実に意思の強固な男」と語っているが、この意思強固な男の幼名が「忠三郎」。そしてその息子も「忠三郎」。「雀の子」のごとく可愛い二代目「忠三郎」は、後年、子規の妹・律の養子となる。

■五月五日　　凧

二村《ふたむら》の凧《たこ》集まりし河原かな　　一八九六(明治二九)年

本来「凧」は、集落同士の対抗戦として競い合う大人の遊びだった。「二村の凧」

が大空に入り乱れる「河原」の光景は、毎年五月五日、愛媛県内子町五十崎《いかざき》の豊秋《とよあき》河原でも見られる。かつて、この大凧合戦会場にて、「うちこ子ども俳句凧大会」も行われていた。入賞した俳句を大凧に書き、五月の空高く揚《あ》げようという爽快《そうかい》な俳句大会。私も会場に駆けつけ、子供たちと共に大凧を揚げて楽しんだものだ。

■五月六日　粽

むすぶまでひんとはねたる粽《ちまき》かな　一八九二（明治二五）年

『坂の上の雲』の主人公の一人・秋山真之《さねゆき》は、子規の同級生にして同郷の出。司馬遼太郎は「アイデンティティ」という言葉を「お里」と翻訳したらしいが、まさにその同じ「お里」の級友である。やんちゃな真之と、泣き味噌《みそ》の子規は、やがて日本の軍事と文学の基礎を創り上げる人物として成長していく。端午《たんご》の節句の「ひんとはねたる粽」は、二人のそんな未来を知っていたわけではない。

■五月七日　　烏の子

口あけて屋根迄《まで》来るや烏《からす》の子

一八九六(明治二九)年

「口あけて」トントン跳《は》ねるように我が「屋根迄」やってきた子烏。烏は光るものが好きらしいが、この子烏、何か気になるものでも見つけたのだろうか。

句友の桂雪《けいせつ》さんは、自宅近くに烏がウヨウヨ集まってくるので、最近「烏百句」つまり烏の句ばかりを百句作る修業を始めたそうな。「その気になって観察すると、これがなんとも可愛いんですワ」と目を細める彼もまた、子規さんと同じ好奇心の持ち主だ。

■五月八日　　初鰹

初松魚《がつお》片身は人に買《かわ》れけり

一八九四(明治二七)年

病床日記『仰臥漫録《ぎょうがまんろく》』には「鰹のさしみ」という記述が度々《たびたび》でてくる。醤油《しょうゆ》をたっぷりつけた刺し身をご飯にのせて食べるのが好きだった子規さん。食べることだけが楽しみであった病人の家の家計費は、食費が他を圧倒していた。

芭蕉の句に「鎌倉を生《いき》て出《いで》けむ初鰹」があるが、東京に住む人たちにとって、黒潮にのってやってくる相模《さがみ》湾の「初鰹」は、心待ちに待たれる初夏の味覚であったようだ。

■五月九日　　桐の花

桐《きり》の花めでたき事のある小家《しょうか》　　一八九九(明治三二)年

「桐の花」は、ゴマノハグサ科の落葉高木。五月上旬、高い梢《こずえ》に高貴で芳香のある薄紫色の花を咲かせる。女の子が生まれると桐を植え、嫁入りの時にその木で嫁入り簞笥《だんす》を作るという時代もあったが、この材は軽く、簞笥・火鉢・楽器・下駄等になるのだそうな。

「めでたき事」って何だろう、と想像をめぐらせるのが読みの楽しみ。「桐の花」咲く下の「小家」となれば、そのほのぼのとした光景も一入《ひとしお》だろう。

■五月十日　新茶

茶袋に新茶と書きて吊《つる》したり　一八九八（明治三一）年

美味《おい》しいのを一度飲み始めると、「茶」の美味《うま》い不味《まず》いがやたら気になる。手に入った「新茶」はやはり格別の味ゆえ、「茶袋」にも「新茶」と書いて少しずつ楽しむのだろう。

ある日の『仰臥漫録』には「間食　菓子パン十個ばかり　塩せんべい三枚　茶一杯」。同じく子規の句に「新茶青く古茶《こちゃ》黒し我れ古茶飲まん」があるが、一気に菓子《かか》パンをこれだけ食べりゃ、香り高い新茶ではなく渋い古茶に手が出るかもな。呵々。

■五月一一日　竹の子

竹の子のきほひや日々に二三寸　一八九一（明治二四）年

句友の瀑《ばく》さんが筍《たけのこ》を沢山くれた。「油断するとがんがん伸びるんで」という彼の日焼けした笑顔の向こうにも、日々伸びてやろうとする「竹の子のきほひ」が見えてくるようだ。

聞くところによると筍は、土中から出るか出ないかという若いヤツが美味しいので、足の裏の感触を頼りに探すのだそうな。となれば、この「竹の子」は、最も美味しいヤツではなさそうでもあり、そこがまさに気負いの「二三寸」なのだろう。

■五月二日　卯の花

卯《う》の花をこぼさずはいれ豆腐売　一八九二(明治二五)年

「お豆腐屋さーん!」と声をかけると、ハイハイと入ってきた「豆腐売」に、垣根の「卯の花」をこぼさないでくれよ、と呼び掛ける一句。豆腐のしぼりかすである「おから」も「卯の花」と呼ぶわけで、そんな洒落《しゃれ》っ気をこめた一句でもある。

「卯の花の匂う垣根に」で始まる唱歌「夏は来ぬ」は、初夏を揺れる「卯の花」の印象そのもの。こぼれた「卯の花」の近くには、時鳥《ほととぎす》が早くもやって来ているに違いない。

■五月一三日　五月

もちもちといんきのねばる五月哉　一八九二(明治二五)年

子規にとって「五月」は「君が病気のため厄月《やくづき》ではないか」と言われるほどの月であった。明治三五年五月七日から始まった苦痛は「十三日といふ日に未曾有《みぞう》の大苦痛を現じ、心臓の鼓動が始まって呼吸の苦しさに泣いてもわめいても追っ付かず」という病状となる。

「五月」は初夏を迎える明るさに充ちた季語だが、「もちもち」と粘る「いんき」は、まるで子規の運命を予言《よげん》するかのように、陰惨《いんさん》に匂《にお》っている。

■五月一四日　若葉

蓁々《しんしん》たる桃の若葉や君娶《めと》る　一八九六(明治二九)年

「漱石新婚」という前書きの一句。「蓁々」とは草木の葉がよく茂っているさま。

「君娶る」祝福を表す季語として、只の「若葉」ではなく「桃の若葉」を取り合わせたことで、若々しい花嫁の表情も見えてくる。「歯並が悪くてさうしてきたないのに、それを強《し》ひて隠さうともせず平気で居るところが大変気に入つた」とは、花嫁を語る漱石の弁だが、それもまたシャイなこの男のポーズだったのかもしれない。

■五月一五日　祭

鉾《ほこ》をひく牛をいたわるまつり哉　一八八八(明治二一)年

「祭」は夏の季語。平安時代には「祭」といえば京都の葵《あおい》祭を指していたこと、夏季に行われる祭が多いこと等から、俳句の世界では夏季と分類されている。「鉾をひく」のは、普段は農耕に使う「牛」に違いない。その「牛」にも労《いたわ》りの言葉をかけつつ、巡行は賑《にぎ》やかに晴れやかに進んでいくのだろう。夏祭は怨霊疫神《おんりょうえきじん》による災厄《さいやく》を祓《はら》う性質から発したものだが、お前も健《すこ》やかになあという「牛」への思いも優しい一句だ。

■五月一六日　　葉柳

葉柳《はやなぎ》の風は中から起《おこ》りけり　　一八九二（明治二五）年

「柳」といえば春の季語。柔らかな緑が風にそよぐさまは春らしい明るさとたおやかさだ。対する「葉柳」は、その緑が滴《したた》るばかりになったさまを表現する夏の季語。「風」は「葉柳」の中から吹き起こってくるのだという感応《かんのう》が、若々しい一句だ。

先日、某放送局の仕事で倉敷《くらしき》を訪れた。生中継が始まった現場には薄暑の光を弾《はじ》く「葉柳」の風が溢《あふ》れ、ゆっくり進む小舟の舳先《へさき》は五月の水面をきらりきらりと波打たせていた。

■五月一七日　　苺

もりあげてやまいうれしきいちご哉　　一八九五（明治二八）年

明治二八年五月一七日、子規は日清戦争従軍記者として帰国の船中激しく喀血《かっけつ》し、二三日の上陸後、直《ただ》ちに神戸病院に運び込まれた。看病に駆けつけた虚子と碧梧桐の看護日記には「いちご」の記述が度々《たびたび》見える。「これほどうまきものなし」と喜ぶ子規に新鮮な苺《いちご》を食べさせたいと、二人は交代で朝の苺畑に通った。平仮名で表現されたこの「いちご」は、死からまさかの生還を果たした、生きてある喜びに充《み》ちた季語なのだ。

■五月一八日　薔薇の花

ビール苦く葡萄酒《ぶどうしゅ》渋し薔薇《ばら》の花　一八九二(明治二五)年

子規は「下戸《げこ》の説」と言いつつ「西洋酒はシヤンパンは言ふまでもなく葡萄酒でもビールでもブランデーでもいくらか飲みやすい所があつて、日本酒のやうに変テコな味がしない」などと書いている。「変テコな味」はないだろうと、大いに反論したいところだが、こんな下戸の弁も季語「薔薇の花」の力を借りれば、ちゃんと俳句になるんだから文句も言えない。今夜は、子規先生お勧めの西洋酒でも一杯やるか。

■五月一九日　老鶯

老鶯《おいうぐいす》若時鳥《わかほととぎす》今年竹《ことしだけ》　一八九三(明治二六)年

「季語は絶対一つじゃないといけないんですか」とよく質問される。表現の世界において、絶対ダメ！　なんてことは一つもないのだが、複数の季語が入った句は焦点がぼやけるので、初心者には少々勧め難《がた》いというだけのことだ。

それにしてもこの句、どれが主たる季語か全くお手上げである。『季語別子規俳句集』には「老鶯」、つまり上手に鳴けるようになった夏の鶯の句として分類されているとなれば、「老」の一字の長幼《ちょうよう》の序《じょ》ということか。呵々《かか》。

■五月二〇日　茨の花

茨《いばら》さくや根岸の里の貸本屋　一八九三(明治二六)年

子規が「貸本」に熱中し始めたのは松山中学入学以前から。湊町《みなとまち》の貸本屋から、五冊一昼夜五厘《りん》で借りてきては読み耽《ふけ》っていたそうな。

新聞『日本』の社主・陸羯南《くがかつなん》の勧めで、子規が東京「根岸」の羯南宅西隣に居を移したのは明治二五年。さらに二年後、一五回目の引っ越しで羯南宅東隣へ。ここが子規庵となるわけだが、「茨」咲く根岸の「貸本屋」は、変わらずのご贔屓《ひいき》だったに違いない。

■五月二一日　・牡丹

夕風や牡丹《ぼたん》崩るる石の上　一八九四(明治二七)年

子規前年の句に「ちる時は風もさはらず白牡丹」「夕風ににくや牡丹のあちらむく」もあるが、散る時には風も吹かないまま散っていくよという説明や、夕風が憎いよという感情に比較すると、「牡丹崩るる石の上」の映像化はやはり見事。「夕風や」という切れが、風との因果関係を語らないまま、風と牡丹のかかわりようをありありと表現している。「石の上」に崩れた「牡丹」の花びらの嵩《かさ》もまた美しい夕景である。

■五月二二日　　芍薬

芍薬《しゃくやく》を画《か》く牡丹《ぼうたん》に似も似ずも　　一九〇二(明治三五)年

明治三二年、子規は中村不折《ふせつ》から絵の具を貰《もら》い受け水彩画を描き始める。以後、絵を描くことは彼の病床の大いなる慰《なぐさ》みとなる。『病牀六尺《びょうしょう》』で子規は、「草花の一枝《ひとえだ》を枕元に置いて、それを正直に写生して居ると、造化の秘密が段々分つて来るやうな気がする」と語っているが、我が筆に描き上がった「芍薬」を眺めつつ「造化の秘密」に心を寄せる子規がいる。

■五月二三日　　麦の秋

麦の秋あからあからと日はくれぬ　　一八九二(明治二五)年

「あから」は「赤みを帯びているさま」を表す言葉だが、「あからあから」と繰り返されるリズムはまるで擬態語《ぎたいご》のような効果を与える。ぼったりと熟した夕日に、広がる「麦の秋」はますます赤みを加えていきそうでもある。「一村は麦刈のこす夕日哉」も子規の句だが、麦刈りが進んでいく光景の中、ゆっくりとその色を深めていく「夕日」は、俳人の心に強い印象を残す句材でもある。

■五月二四日　時鳥

ホトトギス月ガラス戸ノ隅《すみ》ニアリ　一九〇〇（明治三三）年

明治二二年五月九日に多量喀血《かっけつ》を経験した子規は、「子規」の題で数十句詠み、この時より「子規」の号を使い始める。「子規」とは時鳥《ほととぎす》の異称。口中の鮮紅色《せんこうしょく》を見せて鳴く時鳥に死病を得た己《おのれ》を重ねるところに、子規の子規たるべき自己客観視の姿勢がある。

病床の慰めにと、子規の病間の障子が硝子《ガラス》に取り換えられたのは、掲出句の前年。眠れぬ夜を鳴く「ホトトギス」と「ガラス戸ノ隅」に見える「月」。病苦の夜はさらに続く。

■五月二五日

五月晴

カナリヤの卵腐りぬ五月晴《さつきばれ》

一九〇二(明治三五)年

「五月晴」の「五月」は陰暦での呼称。陽暦では六月頃の梅雨《つゆ》の晴れ間になるが、言葉は生き物。時代と共に季語のニュアンスが変わってくるのは当然のことで、「五月晴」には、今や、陽暦五月の太陽のイメージが含まれるようになってきた。

掲出句の「五月晴」は紛れもなく陰暦。孵《かえ》るのを楽しみにしていた「カナリヤの卵」は腐っているらしく、梅雨の晴れ間の湿度の高い太陽は、意地悪げに鳥籠《とりかご》を照りつけている。

■五月二六日

五月雨

一人居る編輯局《へんしゅうきょく》や五月雨《さつきあめ》

一八九八(明治三一)年

この年、子規は新聞『日本』に「歌よみに与ふる書」を連載した。「貫之《つらゆき》は下手な歌よみにて『古今集《こきんしゅう》』はくだらぬ集に有之候《これありそうろう》」とこき下ろす攻撃的な文章は歌壇に衝撃を与え、賛否両論渦巻くこの紙面から彼の短歌革新は始まった。うす暗い「五月雨」に降り籠められた「編輯局」の窓に背を向け、一心に書き続ける子規の背中は、激烈な批判に立ち向かう意志の塊《かたまり》のようにも見える。

■五月二七日　酸漿草《かたばみ》の花

かたばみの花をめぐるや蟻《あり》の道　一八九八(明治三一)年

「かたばみ」は、カタバミ科の多年草。クローバーの形をした小さな葉や可憐《かれん》な黄色い花を見れば、ああこれか！　と誰でもわかる身近な植物。しぶとく根が残るので庭や畑の草引き作業を思うと、なかなかに愛しにくい雑草でもある。そんな「かたばみ」と「蟻」の季重なりではあるが、この句の映像喚起力は見事！　中七の切字「や」が、黄色い「かたばみの花」を迂回《うかい》して続く「蟻の道」を鮮やかに立ち上がらせている点も効果的だ。

■五月二八日　　夏橙

故郷近く夏橙《なつだいだい》を船に売る　　一八九七（明治三〇）年

いよいよ見えてきた「故郷」の陸地。甲板《かんぱん》から見える山並みは懐かしい姿で近づいてくる。「故郷」の物産「夏橙」を積んだ物売り船も、波間《なみま》に見えてくるのだろう。

子規がこの年外出したのは二度。「故郷」に帰るどころか、上根岸《かみ》から上野あたりまでが精一杯の距離だったようだ。さらに「病床に夏橙を分《わか》ちけり」は明治三三年の作。二度と見られない「故郷」を思いつつ食べる「夏橙」である。

■五月二九日　　青嵐

城山《しろやま》の浮《うか》み上《あが》るや青嵐《あおあらし》　　一八九二（明治二五）年

「松山」とある中の一句。青葉の城山を吹きわたる風は、まさに季語「青嵐」の本意のごとき光景。浮き上がるかのようだという見立てもまた、故郷への賛歌である。

松山市駅前に建つこの句碑には、子規考案の墓誌銘《ぼしめい》も彫られている。末尾が「月給四十円」で終わる有名な碑文《ひぶん》だが、子規と同じく俳句を生業《なりわい》とする私にとって、この文言《もんごん》は実に心強い味方だ。「青嵐」の如《ごと》く生き抜くための「月給四十円」のなんと清《すが》しいことか。

■五月三〇日　夏

画《え》がくべき夏のくだ物何々《なになに》ぞ　一九〇二(明治三五)年

「病気の境涯《きょうがい》に処《しょ》しては、病気を楽《たのし》むといふことにならなければ生きて居ても何の面白味もない」と言い放てるのが、子規の精神の強さであり明るさである。

モルヒネを飲んで写生をすることが楽しみの一つとなっていた晩年、青梅《あおうめ》から始めた『菓物帖《くだものちょう》』には、南瓜《かぼちゃ》・茄子《なす》・胡瓜《きゅうり》まで描かれ、八月六日の「鳳梨《パイナップル》」をもって完結している。「夏のくだ物何々ぞ」は、子規の病気を楽しむ心の発露《はつろ》ともいうべき言葉に違いない。

■五月三一日　五月闇

とんねるに水踏む音や五月闇《さつきやみ》　一八九六（明治二九）年

「五月闇」とは、梅雨時《つゆどき》の厚い雲の暗さを表現する季語。陰暦「五月」は陽暦六月の実感で捉えることになる。「闇」とあるが、昼夜に使える季語でもある。「とんねる」に入り込む。目の慣れない暗さの中、己《おのれ》の体がハッと意識したのが「水」を踏んでいる足の下のかすかな「音」であったという。この音を捉え得るのが俳人の耳であり、俳人の肉体感覚。「五月闇」はひたひたと一句の世界を覆う。

■六月一日　衣更

其中《そのなか》に衣更《ころもか》へざる一人かな　一八九六（明治二九）年

中学校の教員をしていた頃、長袖を貫く少女がいた。火傷《やけど》の痕《あと》があるという理由で、体操着も長袖、水泳の授業は休むというスタンスを三年間貫き通した。

二十数年ぶりに彼女に会った。赤ちゃんを抱いていた。若々しい半袖の二の腕に引きつった痕跡《こんせき》は見られたが、それはあまりにも微《かす》かな傷だった。「先生、こんなものが心の傷だった時代もあったんです」と彼女は明るく笑った。夏の日射《ひざ》しの眩《まぶ》しい街角での再会。

■六月二日

丁子草《ちょうじそう》花甘さうに咲きにけり　　丁子草

一八九六(明治二九)年

このコラムのために、スタッフが資料収集・整理し、季節毎《ごと》にプリントアウトしたものをずっしり手渡してくれるのだが、今回の俳句リストに知らない花の名を見つけた。

「丁子草」を調べる。六月の晴れた空のような透明感のある青い花だ。細い五つの花弁が小さな星みたい。こんな小さな星を食べたら、うん、確かに「甘さう」な気もしてきた。しかも絶滅危惧《きぐ》種となれば、殊更愛《ことさらいと》おしい青に思えてくるよ。

■六月三日

六月を奇麗な風の吹くことよ　六月

一八九五(明治二八)年

陰暦と陽暦には約一カ月のズレがあるが、この句は陽暦「六月」の印象をもってさらに愛されるようになった作品ではないか。「六月」の空は瑞々《みずみず》しい「奇麗な」空気に満たされ、それは「奇麗な風」となって溢《あふ》れだす。「吹くことよ」という語りかけは、共感のリズムを呼び起こし、現代人の心に響きわたる。「六月に」でも「六月の」でも「六月や」でもない「六月を」という助詞の、なんと広やかな空間であることよ。

■六月四日

夏嵐《なつあらし》机上の白紙飛び尽《つく》す　夏嵐

一八九六(明治二九)年

「夏嵐」は青葉青草を吹き渡る強い夏の風であり、「青嵐」の傍題でもある。「机上の白紙」が一瞬にして飛び尽くす映像が、いかにも鮮やかな作品だ。

この年三月、子規は脊椎《せきつい》カリエスという病名を告知される。「余は驚きたり　驚きたりとて心臓の鼓動を感ずる迄《まで》に驚きたるにはあらず　医師に対していふべき言葉の五秒間おくれたるなり」。この「五秒間」に、飛び尽くす「白紙」の印象を重ねる今日の私がいる。

■六月五日　早苗

苗《なえ》の色美濃《みの》も尾張《おわり》も一ツかな　一八九二（明治二五）年

「美濃」は岐阜県南部、「尾張」は愛知県西部。美濃から尾張へ早苗田《さなえだ》の続く光景を、「苗の色」と把握し「一ツかな」と詠嘆する詠みぶりは、いかにも素朴だ。

先日、岐阜県大垣市《おおがきし》を訪れた。例年なら「尾張」から「美濃」に入る旅程を取るのだが、今年は近江《おうみ》から入った。関ケ原辺りには、代掻《しろか》きの田や植えたばかりの田が広がっていた。美濃も尾張も近江もつまるところは「一ツ」なのだと、早苗田に吹く美しい風を堪能《たんのう》した。

■六月六日　田植

大雨の中に四五人田植かな　一八九六(明治二九)年

この詠みぶりは一見流暢《りゅうちょう》でないように思えるが、実は俳句としての映像化、つまり一句のカメラワークが巧《たく》みだ。まず「大雨の中に」と強く降る雨だけを捉えたレンズは、次に雨の奥にピントを移し、雨の中から滲《にじ》み出てくるような「四五人」の姿を捉える。さらに下五「田植かな」という詠嘆は、広がる田の光景、降り続く雨のさまを、再び読み手の心に印象的に手渡す。この句にはそんな映像の手法が隠されているのだ。

■六月七日　蛍

川風の蛍《ほたる》吹きこむ二階哉　一八九八(明治三一)年

「蛍」の季節になった。毎年、どこかの蛍は見ようと夜の吟行《ぎんこう》に出かけるのだが、この句のように「川風」の吹き込む「二階」で「蛍」を楽しめたら、さぞ風流にして心地よいに違いない。「吹きこむ」という表現の臨場感がいいなあと思う一句だ。

近世の俳人・栗田樗堂《ちょどう》の庵《いおり》「庚申庵」に勤めていた句友のまほろ君が、「庚申庵《こうしんあん》でも蛍祭しましたよ」と教えてくれた。街のど真ん中の「蛍」とはこれまた風流だ。

■六月八日　　若竹

若竹や髪《かみ》刈らしむる庭の椅子《いす》　一九〇一(明治三四)年

明治三四年の子規は、自力で立つどころか座ることさえも出来なかったはず。散髪の事実があったんだろうかとあれこれ調べていたが、ハタと我に返った。俳句を読み味わうとは、事実だけを追うことではない。「庭」に「椅子」を持ち出し「髪」を刈る自分を思う子規がそこにいるだけで十分ではないか。折しも「若竹」が青い幹を伸ばす頃の太陽の眩《まぶ》しさを味わえば良いではないかと、読みの姿勢を反省した今日。

■六月九日　栗の花

大釜の湯気立ち上る栗の花　一八九六(明治二九)年

山家《やまが》の庭先に持ち出した煮炊きの「大釜」か、何かの作業のための「大釜」か。もうもうと立ち上る「湯気」の向こうに、白濁《はくだく》した「栗の花」が鬱々《うつうつ》と垂れ下がっている。

同年作に「栗の花山猫和尚《おしょう》となん呼べる」も発見。こちらは「栗の花」と一癖ありそうな「和尚」との取り合わせが面白い。そういえば宮沢賢治作『どんぐりと山猫』で、主人公が最初に山猫の行方を尋ねたのも、栗の木だったなあ。

■六月十日　夏小袖

めでたさに石投げつけん夏小《なつこ》袖《そで》　一八九六(明治二九)年

前書きに「極堂《きょくどう》の妻を迎へたるに」とあるのに吃驚《びっくり》！　柳原《やなぎはら》極堂は、子規と同じ慶応三年生まれ。共に松山中学に入学、共に中退。生涯子規を師とし、明治三〇年には自宅を発行所として俳誌『ほととぎす』を創刊。子規を裏で支えた大切な友人でもある。

明治二九年に結婚した漱石には「蓁々《しんしん》たる桃の若葉や君娶《めと》る」と贈った子規だが、極堂への一風変わった御祝句《おいわいく》は、故郷の友人だから通じる親しみの表現でもあるか。

■六月一一日　蚊柱

あふがれて蚊柱《かばしら》ゆがむ夕《ゆうべ》哉　一八九三(明治二六)年

蚊が一団となって押し寄せてくる「蚊柱」。わをんわをんと渦巻《うずま》く蚊の集団に近寄られるだけでぞっとするものだから、手にもっていた団扇《うちわ》かなんぞで慌《あわ》てて扇《あお》いだに違いない。

それにしてもそんな瞬間の「蚊柱」を、よく見てとったものだと感心する。目の前の蚊柱を言葉の映像として、「あふがれて～ゆがむ」と描いてみせれば、そこには夕涼みの縁台や夕暮れを臭《にお》うドブ川やらも、読み手の脳裏《のうり》に再生されていくのだ。

■六月一二日　青梅

青梅《あおうめ》をかきはじめなり菓物帖《くだものちょう》　一九〇二（明治三五）年

子規の水彩画『菓物帖』は「青梅」のスケッチから始まっているが、美術の「写生」という考え方は、俳句の上でも文章の上でも子規に大いなる啓示《けいじ》を与えた。『病牀六尺』で「写生といふことは、画《え》を画《か》くにも、記事文を書く上にも極めて必要なもので、この手段によらなくては、画も記事文も全く出来ないといふてもよい位である」（文中傍点は引用文ママ）と言い切る子規。自分の目を信じ一心に見つめた「青梅」は、拙《つたな》くも愛すべき青梅だ。

■六月一三日　蝙蝠

蝙蝠《こうもり》の飛ぶ音暗し蔵の中　一八九五（明治二八）年

もう今は取り壊してしまった故郷の実家は古い化け物屋敷みたいな家だった。中庭を囲む四角い総二階の母屋《おもや》には、入ったことのない部屋も幾つかあった。大きな竈《かまど》が並ぶ暗い厨《くりや》の奥には、蔵の扉があり、祖母は時折重い扉を開け中へ入っていった。かすかに味噌《みそ》の匂《にお》う暗がりからいつまでたっても祖母が出てこないと、不安で不安でしようがなかった。蔵の戸の前でじっと息をのんで暗がりを見つめる、私はそんな臆病《おくびょう》な子供だった。

■六月一四日　火串

火串《ほぐし》消えて鹿の嗅《か》ぎよるあした哉　一八九五(明治二八)年

この句の季語は？　と問えば、少々心得のある人は「鹿」が秋の季語だと答えるだろう。が、実はこれ「火串」が夏の季語。拙著『絶滅寸前季語辞典』にも取りあげたこの季語は、夏に行われた鹿狩りの一種。鹿の通り道に「火串」と呼ぶ篝火《かがりび》を焚《た》き、その火が鹿の目に反射し光った瞬間、そこに矢を射るという信じられない狩猟法を「照射《ともし》」と呼ぶのだそうな。絶滅した季語を蘇《よみがえ》らせる想像力もまた、俳人ならではの異能力？　である。

■六月一五日　紫陽花

けふや切らんあすや紫陽花《あじさい》何の色　一八九三(明治二六)年

明治二六年六月、子規は夜になると上昇する熱と頭痛に脅《おびや》かされる。「臥褥《がじょく》終夜頭痛劇烈困難仕候《つかまつりそうろう》」という瘧《おこり》の熱と闘いつつ、子規は母に甘える。「此頃《このごろ》の天気とて毎日〳〵雨ふりやまぬにラムネとか氷とかの為に一日に何度母様を労《ろう》せしことかわけもわからず候」。

母が病間に戻ってくるまでの時間、ぼんやりと雨の「紫陽花」を見つめていたかもしれない子規を思う。明日の「紫陽花」の色に心動かす、子規の胸中を思う。

■六月一六日　田草取

田草取《たくさとり》きまつた歌はなかりけり　一八九二(明治二五)年

ロケで訪れた東温《とうおん》市井内《いうち》。「えひめ千年の森をつくる会」代表でもある愛媛大学・鶴見武道先生と奥さんの恵子さんが、弾《はじ》けるような笑顔で迎えて下さる。子供たちと共に挑んだ棚田《たなだ》の田草取り体験。「両手をね、いっぱい広げて合鴨《あいがも》になったつもりで、田草の根を浮かせて取るんだよ」と笑う恵子さんの真似をし、私も合鴨になりきって泥を楽しむ。田草を取り終わった棚田には無数の太陽が輝き、山風は青々と吹き抜けていく。

■六月一七日　蟇

草の雨蟇《ひき》も主《あるじ》も古《ふ》りにけり　一八九六（明治二九）年

明治二九年八月、叔父・大原恒徳《おおはらつねのりあ》宛ての追伸。「今日左の足のこむらの最大なる処《ところ》を量《はか》り候処鯨《くじらじゃく》尺 七寸有之《これあり》候 律の上腕の大《ふと》さ（七寸五分）にも及ばす候呵々《かか》」。

じめじめと降り続く「草の雨」の中、長年この庭に居着いているかのように鳴き続ける「蟇」。痩《や》せ衰える我が「こむら」と、「古り」つつ太る「蟇」を比較し笑いとばす子規の自己客観視に基づくユーモアの精神は、死の直前まで彼を支え続ける。

■六月一八日　萍

手ばなせば又萍《またうきくさ》の流れけり　一八九二(明治二五)年

手にとって見る「萍」の明るい色に心動かす作者。「手」を放すと、なにごともなかったかのように流れだす「萍」の刹那《せつな》の色もまた美しい。明治二八年作には「亀の首」との取り合わせも数句。「萍やところところに亀の首」「萍を押しわけ行くや亀の首」「萍をはづれてうくや亀の首」。眼球が捉えたコマ送りの映像を言葉に置き換える修練は、俳人にとって基礎基本のトレーニングだ。

■六月一九日　花石榴

花石榴《はなざくろ》久しう咲いて忘られし　一八九五(明治二八)年

「石榴」はペルシャ、インドが原産。六月頃朱赤色の花を無数につける。鮮やかな色が印象的な花だが、「久しう」咲き続けていると忘れられてしまうよ、と語る子規である。

鮮やかなのにどこか暗い印象を持つ「花石榴」の写真を眺めていたら、こんな句を思い出した。「若者には若き死神花石榴　中村草田男《くさたお》」。子規のもとに差し向けられた「若き死神」は、「花石榴」の色に心を動かしはしなかったのか。

■六月二〇日

孑孑《ぼうふら》やお歯黒どぶの昼過ぎたり　子規　一八九六(明治二九)年

「お歯黒どぶ」？　たぶん「お歯黒」のごとく真っ黒に濁《にご》った「どぶ」なのだろうと調べてみると、どうも吉原遊郭《ゆうかく》の外周をかこっていた堀をこう呼んでいたらしい。

そういえば思い出した！　落語「首ったけ」に「お歯黒どぶ」が出てきたぞ。落語好きだった子規さん、噺《はなし》のネタをヒネった一句だったか、はたまた吉原のドブの臭《にお》いを自ら嗅《か》いだ時の一句か。句の真相は「孑孑」動く昼過ぎのドブの中にある。

■六月二一日　十薬　一八九三(明治二六)年

十薬《じゅうやく》や何を植ゑても出来ぬ土地

娘が赤ん坊の頃、腿《もも》に出来たおできが熱と膿《うみ》を持ち、痛がって泣くものだから困り果てていたら、近所のおばあちゃんが「十薬の葉をちょっと焙《あぶ》って張りつけたらいい」と教えてくれた。「十薬」とはドクダミのこと。半信半疑でやってみると、憎々しく育っていたおできが一晩で萎《しぼ》んでしまった。

「何を植ゑても出来ぬ土地」を物ともせず、白く清楚《せいそ》な十字の花を咲かせる「十薬」は、民間薬に頼るしかなかった時代の大いなる救いの白十字だったのだろう。

■六月二二日　夏至　一八九六(明治二九)年

夏至《げし》過ぎて吾《われ》に寝ぬ夜の長くなる

「病苦、安眠せず」と前書きのある一句。四月頃は「母様の御すゝめにより車にて上野を一周いたし候」というほど持ち直していた子規だが、本格的な夏の到来は病者の体力を奪いがちだ。「尻の穴ハ背中の穴とは関係無く」痔瘻《じろう》だと診断され、「若《も》シ此儘《このまま》で一生坐ることの出来ぬものならば実に閉口之《へいこうの》外無御座候《ほかござなくそうろう》」と嘆きつつも、この年の外出は一四回を数える。まだ体を縦に起こして移動できていた頃の「吾」の一句である。

■六月二三日　夏川

夏川や溢《あふ》れて草を流れこす　一八九六（明治二九）年

思わぬ雨で水量が増えた「夏川」だろう。いつもの水位を超え、「草」を薙《な》ぎ倒すように「流れこす」川。夏草の青さが鮮やかな一句でもある。

「夏川や鍋洗ふべき門構《もんがまえ》」「供《とも》一人夏川渡る医者の駕《かご》」も同年作だが、実はこれらは「一題十句」という修練の中で生まれたもの。「夏川を二つ渡りて田《た》神《がみ》山」も、過去の出来事を脳内に巻き戻しつつ作った題詠《だいえい》。つまり五感の鮮やかな記憶の産物なのだ。

■六月二四日　夏帽

夏帽《なつぼう》の古きを以《もっ》て漢法医《かんぽうい》　一八九六(明治二九)年

子規が仲間と共に「一題十句」の修業を楽しみ始めたのは明治二九年。この句も「夏帽」という題に挑《いど》んで作った作品である。「夏帽十句と聞きてまづ題ばかりにてはや面白しと喜びたる」のが弟分の碧梧桐。「題ばかり聞きて鋭気《えいき》当《あた》るべからずと嘲笑《ちょうしょう》せられ」たのは、子規の学生時代の寄宿舎監督であり、生涯子規を師と定めた鳴雪翁。句座を囲んで作句に興じる子規の仲間たちの様子は、私の理想とする師弟の在りようでもある。

■六月二五日　葵

花一つ一つ虻《あぶ》もつ葵《あおい》哉　一八九三(明治二六)年

歳時記を捲《めく》ることを楽しみとし始めた人は「ん? 季語が三つもある?」なんて

疑問を持つかもしれない。たしかに俳句における「花」は桜を指す伝統的季語だが、この場合は下五「葵」の一花を示す意味に使われているので問題は無い。さらに「虻」は春の季語だが、一つ一つの花に蜜を求める「虻」の姿を配して、感動の中心となる「葵」を表現しているのでこれまた問題は無い。季重なりのお手本のような一句である。

■六月二六日　梅雨晴

梅雨晴《つゆばれ》やところどころに蟻《あり》の道　一八八八（明治二一）年

江戸期の俳人の作品には驚くほど季重なりが多い。時間を経て季語が季語として熟成されてゆく時間の悠久は、明治期の俳人たちの作品にも見て取れる。

掲出句も「梅雨晴」「蟻」の季重なりだが、「蟻の道」は「梅雨晴」を表現するための添え物として描かれているにすぎない。「梅雨晴や」という詠嘆の切字も強く響く。二つの季語に強弱をつけることが、季重なり成立のための基本的なテクニックだ。

■六月二七日　枇杷

枇杷《びわ》の実に蟻のたかりや盆の上　一八九八(明治三一)年

一昨日、昨日に続いて季重なりの話。「枇杷」「蟻」は夏の季語だが、『季語別子規俳句集』では、これは「枇杷」の句として分類されている。上五中七だけでは、どちらの季語を表現しようとしたのか判断は難しい。が、下五「盆の上」によって、盆に置かれた「枇杷」の熟れたさまを表現した句だと理解できる。試みに「蟻のたかりの猛々《たけだけ》し」と変えてみれば、一句の焦点が「蟻」に移っていくことは一目瞭《りよう》然《ぜん》だろう。

■六月二八日　抱籠

用ゐざる抱籠《だきかご》邪魔な置処《おきどころ》　一九〇〇(明治三三)年

「抱籠」とは、季語「竹婦人《ちくふじん》」の傍題。「竹婦人」とは、竹や籐で編んだ籠で、夏の夜に抱きかかえたりして涼をとるために使われる道具のことで、いかにも俳人らしいヒネったネーミングだ。こんな季語が子規さんの遊び心を刺激しないはずがなく、彼は「抱籠の記《き》ありお竹と名を命ず」なんて句まで作っている。「お竹」とは、ヌケヌケと言ってくれるもんだよ、まったく⁉

■六月二九日　翡翠

川セミノ来《きた》ル柳ヲ愛スカナ　一九〇二(明治三五)年

「梅に鶯《うぐいす》、竹に雀《すずめ》、などいふやうに、柳に翡翠《かわせみ》といふ配合も略画などには陳腐《ちんぷ》になるほど書き古るされて居る」ものの、やはり「美しいといふ感じが強く感ぜられて」作った「一題十句」の内の一句。一閃《いっせん》する青い翡翠と川風にゆれる緑の「柳」の配合の美しさを陳腐にならぬよう表現できないかと、楽しみつつも自己鍛錬を怠らない俳人・子規。「配合の材料を得ても句法のいかんによつて善い句にも悪い句にもなる」実験でもある。

■六月三〇日　蝸牛

蝸牛《ででむし》の頭もたげしにも似たり

一九〇二(明治三五)年

「小照《しょうしょう》自題」と前書きがある。「小照」とは、小さな肖像画や人物写真のことだが、転じて「自画像をへりくだっていう語」だと辞書には書いてある。

明治三五年は子規の没年。自力で寝返りすら出来ない自分を、「頭」だけを「もたげし」姿はまるで「蝸牛」、かたつむりのようだと自嘲《じちょう》する一句である。が、決して自虐的ではない。そこはかとなく悲しいユーモアを漂わせるのが子規ならではの自画像、つまり「小照」なのだ。

夏の星

■七月一日　夏の星

草枕《くさまくら》の我にこぼれよ夏の星　一八九三(明治二六)年

野球好きだった子規のユニホーム姿の写真が世に知られるようになってきて、「子規＝病人」というイメージが払拭《ふっしょく》されつつあるのは、実に嬉しい。

そしてもう一つ加えたいのが、旅人としての子規。好奇心旺盛な男だったので、寝たきりになるまでは、北は秋田から南は北九州、そして中国は大連《だいれん》まで歩いているのだ。「草枕」に仰ぐ「夏の星」に「こぼれよ」と語りかける青春の日の子規も愛したい。

■七月二日　単物《ひとえもの》

松島の風に吹かれん単《ひとえ》もの　一八九三(明治二六)年

『はて知らずの記』は、約一カ月に及ぶ東北旅行記。「一句を留別《りゅうべつ》として上野停車場に到る」と前書きに記すこの句を胸に、偶々《たまたま》来合わせた五百木飄亭《いおきひょうてい》に見送られ、待望の『奥の細道』旅行は始まった。旅立ちに際して俳句仲間たちは子規に餞別《せんべつ》の句を贈るが、かの飄亭は「松島で日本一の涼みせよ」と詠み放った。この句の通り、後日松島を眼前にした子規は「飄亭餞別の句もここにぞ思ひ出《い》だされける」と、「日本一の涼み」を楽しんだ。

■七月三日

みちのくへ涼みに行くや下駄《げた》はいて　納涼《すずみ》

一八九三(明治二六)年

この時代の旅は交通・宿泊の便など想像するだけで大変だったろうと思うが、それは単なる比較の問題。子規は自分の生きている時代をこう誇る。「鉄道の線は地《ち》皮《ひ》を縫《ぬ》ひ、電信の網は空中に張るの今日」ともなれば、奥羽北越《おううほくえつ》が遠いというのは昔の書に言い古されたことであって「今は近きたとへにや取《とる》らん」と。「下駄」を履《は》いてちょいと「みちのく」まで「涼み」に行くよと戯《たわむ》れる彼の旅装は、「裾《すそ》を引く袴《はかま》に駒《こま》下駄」だったそうな。

■七月四日　夕立

夕立《ゆうだち》や殺生石《せっしょうせき》のあたりより　一八九三(明治二六)年

「殺生石とは、栃木県那須《なす》温泉付近にある溶岩《ようがん》。鳥羽《とば》天皇の寵妃《ちょうひ》・玉藻前《たまものまえ》(老狐《ろうこ》の化身)が殺されて石と化したもので、これに触れると災《わざわ》いをなした」らしい。

東北への旅が始まった子規は、宇都宮にて一泊。雨が滝のように降り雷が今にも落ちそうなこの日を「恐ろしさいはん方なし」と記した子規である。凄《すさ》まじい「夕立」はあの「殺生石」のあたりから起こっているのではないかという一句は、旅の現場ならではの発想だ。

■七月五日　青田《あおた》

田から田へうれしさうなる水の音　一八九三(明治二六)年

みちのくへの旅。この句は宇都宮を汽車で出発した「即景《そっけい》」だそうな。どの「田」

にもあまねく「水の音」がする田園風景だが、その水音を「うれしさうなる」と表現できるのは子規の拙《せつ》なる魅力であるし、率直な旅の喜びの表現でもあるだろう。

白河《しらかわ》駅に下りた子規を迎えたのは「たちまち雨、たちまち晴。半《なか》は照り、半《ば》は雨る」のお天気。「定まらぬ天気は、旅人をもてなすに似たり」と喜ぶ子規に、同感しきり。

■七月六日　土用干

政宗《まさむね》の眼《まなこ》もあらん土用干《どようぼし》　一八九三(明治二十六)年

瑞巌寺《ずいがんじ》に詣《もう》でた子規が、「玉座《ぎょくざ》のあと、名家の画幅《がふく》、外邦《がいほう》の古物」等の宝物を拝観した折の一句。「政宗」といえば、かつて広大なみちのくの地を治めた伊達《だて》政宗に違いないが、宝物の画幅に「政宗」の肖像の類《たぐい》があったのかもしれない。が、独眼竜《どくがんりゅう》と畏敬《いけい》された「政宗の眼」が、時折は生身の体からちょいと取り出され、画幅や古物と並べられ「土用干」される光景を想像すると、こりゃあ、なかなかシュールにして愉快ではないか。

■七月七日　虹

舟一つ虹をくぐつて帰りけり　一八九〇（明治二三）年

愛媛県西南端の村で生まれた私は、伝馬船《てんません》を漕《こ》ぎ回し鯛や目張《めばる》を釣って遊ぶような小学生だった。私に櫓《ろ》の漕ぎ方を教えてくれたのは村の郵便局長だった父。父の仕事が終わる五時には、いつでも「舟」を出せる準備をして待っていたものだった。父が乗り込んだとたんに、私は「舟」を漕ぎ出す。舳先《へさき》に座った父は胸ポケットからショートホープの箱を取り出し、ゆっくりと煙草をふかすのが常だった。雨あがりの夕「虹」に向かい漕ぎ出したあの日の光景が、この句と切なく重なってくる。

■七月八日　涼し

禅寺に何もなきこそ涼しけれ　一八九六（明治二九）年

今のような冷房設備などなかった時代、夏の暑さをどう凌《しの》ぐかは生活における大問題だった。「簾《すだれ》」「網戸」「打水《うちみず》」「団扇《うちわ》」「籠枕《かごまくら》」「風鈴《ふうりん》」などは、湿気の多い列島に暮らす日本人の工夫から生まれた季語なのだ。歳時記の夏の部が最も分厚いのは、日本人のそんな生活文化の現れでもあるのだろう。「何もなきこそ」は、「禅寺」の本意に適《かな》うしつらえの涼しさである。

■七月九日　夏の月

家のなき人二万人夏の月　　一九〇〇(明治三三)年

この数字に驚いた。「家のなき人」が「二万人」ぐらいというのは子規の当てずっぽうの概数か、はたまたこの時代にも何らかのデータがあったものか。厚生労働省が平成一九年に実施したホームレス実態調査によるとその数は一万八〇〇〇人余り。ちなみに平成最後となる三〇年の調査では、行政の支援もあり五〇〇〇人弱と減少している。とはいえ、明治も今も「家のなき人」たちが、今日も赤く乾いた「夏の月」を見上げながら眠りにつくのだろう。

■七月十日　　雨乞

月赤し雨乞《あまごい》踊見に行かん　　一八九六(明治二九)年

先だっての雨で石手川ダムの水位が回復したと聞き、胸をなで下ろしたが、まだまだ油断はできない。梅雨《つゆ》入りしたのに雨が降らない、ダムの水位が四〇パーセント台に……等のニュースが伝えられた頃、これはいよいよ市長に「雨乞句会ライブをしましょう！」と提案せにゃなるまいかと考えた。市民全員が赤い月の下で「雨乞踊」をし「雨乞」の一句を奉納する！　これぐらいやってこその俳都・松山じゃないですかね、市長？

■七月一一日　　茗荷の子

茗荷《みょうが》よりかしこさうなり茗荷の子　　一八九二(明治二五)年

以前住んでいた御幸《みゆき》の家の近くに気の利《き》いた蕎麦《そば》屋があって、原稿に行き詰まった時などは、気分転換に昼酒を飲みに行ったものだった。薄く切った「茗荷の子」にこれまた薄く削った鰹節をのせただけの突き出しで、機嫌良く酒が飲めた。

細く伸びた「茗荷」よりもふっくり育った「茗荷の子」の方が賢いかどうかは知らないが、ふわんと香る「茗荷の子」を嚙《か》めば「かしこさう」な味にも思えてくるから可笑《おか》しい。

■七月二日　団扇

這ひいでし虫おさへたる団扇《うちわ》哉　一八九八（明治三一）年

なんか可笑しい。どこからともなく「這ひいで」てきたヘンな「虫」を反射的に、アッ！　と押さえてしまったんだろう。「団扇」をあげると逃げるし、かといって刺したり臭《にお》ったりするかもしれない「虫」を素手で捕《と》らえるのも、さてどうしたものか。「団扇哉」という困惑の詠嘆が、どうにも可笑しい。同じく子規の句「二階から屋根舟招く団扇哉」を読めば、「団扇」の用途もいろいろだなあと思えて、またまた可笑しい。

■七月一三日　　風板

風板《ふうばん》引け鉢植《はちうえ》の花散る程《ほど》に

一九〇二(明治三五)年

「風板」とは、碧梧桐が床屋にあったものを倣《なら》って作ったという、手動で風が送れる器具。これを子規の病床に取り付けると、子規は大層喜び、自ら「風板」と名付けたんだそうな。おお！「鉢植の花」が散りそうなほど風がくるぞ、と笑う子規の顔が見えてくる一句だ。麻痺剤が切れると、煩悶《はんもん》し苦しみ癇癪《かんしゃく》を起こしてしまう子規。そんな師を少しでも慰めたいという弟子・碧梧桐の、優しさの産物でもある「風板」なのだ。

■七月一四日　　夏氷

三尺の鯛《たい》生きてあり夏氷

一九〇二(明治三五)年

「陸前石巻《りくぜんいしのまき》より大鯛三枚氷につめて贈りこしければ」と前書きのある一句。

この鯛が届いたのは陰暦六月九日。クール宅配便なんて便利なものがある時代ならともかく、この頃に、しかも「陸前石巻」つまり宮城県くんだりから氷に詰めた「三尺の鯛」が届いたとなれば大騒動だったろう。実際この日はこの鯛で松山鮨《ずし》を作ろうと大騒ぎになったらしい。そういえば「われ愛すわが予州《よしゅう》松山の鮓《すし》」なんて句もあったなあ。

■七月一五日

鮓

鯛鮓《ずし》や一門三十五六人　　一八九二（明治二五）年

元々「鮓」は、魚を自然発酵させて作る馴鮨《なれずし》に始まった食物。夏の時期の魚をいかに保存するかという生活の知恵から生まれた季語でもあるのだ。

「鯛鮓や」という豪華かつ晴れやかな上五を、「一門三十五六人」という数詞が彩《いろど》る一句。「一門」は、「同じ家系の一族、同じ法門、同じ流派」等の意味があるが、故郷・松山の「一門」であり、故郷・松山の「鮓」だと読みたいところだなあ。

■七月一六日　　蚤

蚤《のみ》に足らず虱《しらみ》にあまる力かな　　一八九五(明治二八)年

「蚤」「虱」には縁無く育ってきたが、こう比較してもらうと分かったような気になる。

妹がニューヨークに住み始めた頃、学校で「虱」が発生する事件が起こった。担任からの連絡電話、当時の妹の耳には「ヘア……ライス」の二語しか聞き取れず……キョトンとするばかりだったらしい(虱の複数形はlice、お米はrice)。娘達の癖毛から丁寧に「虱」を取り尽くすのは、それはそれは大変な作業だったとか。

■七月一七日　　蛇の殻《から》

蛇のから何を力に抜け出《い》でし　　一九〇一(明治三四)年

子規さんは、「蛇」が嫌いだった。「大阪では鰻の丼を『まむし』といふ由《よし》聞く

もいやな名なり　僕が大阪市長になつたらまづ一番に布令《ふれい》を出して『まむし』といふ言葉を禁じてしまふ」なんて『仰臥漫録《ぎょうがまんろく》』に書いてあるぐらいだから、かなりの弱味噌《よわみそ》ぢゃな。

一体、此奴《こやつ》らは、どういう「力」でもってこの「から」を抜け出るのであろうかと、しげしげと、でも恐る恐る「蛇のから」を眺める子規さんなのだ。

■七月一八日　白百合

白百合《しらゆり》や蛇逃げて山静かなり　一八九四(明治二七)年

「白百合」と「蛇」、季重なりの一句だが、「蛇」が逃げてしまった後の静けさが「白百合」の白に収斂《しゅうれん》していくような不思議な味わいの作品だ。

「蛇」が嫌いだった子規さん、調べてみると「蛇」そのものを詠んだ句が見つからない。この句のように季重なりで「蛇」が登場するか、「蛇の殻」の句がせいぜい。観察しがいのあるこの季語を直視できなかったとは……いやはや、ほんとに弱味噌な写生派俳人ぢゃな。

■七月一九日　茂り

大仏のねむたさうなる茂り哉

一八九三(明治二六)年

「大仏」のあの半眼はたしかにいつ見ても「ねむたさう」で、その「大仏」を取り囲む「茂り」は、ますます鬱蒼《うっそう》と夏の太陽を吸収しているに違いない。

好きな季語、好きな素材は徹底して数多く詠んでいる子規。「大仏」はどうもお気に入りの句材だったようで「大仏にはらわたのなき涼しさよ」は鎌倉の大仏、「大仏の足もとに寝る夜寒《よさむ》哉」は奈良の大仏と、様々な季節の様々な「大仏」を詠みあげている。

■七月二〇日　夏桃

くひながら夏桃《なつもも》売のいそぎけり

一八九三(明治二六)年

「桃」は秋の季語だが、夏季に出回る早生《わせ》を「夏桃」「早桃《さもも》」と呼ぶ。「くひながら」とは、喉《のど》の渇《かわ》きを覚えた「夏桃売」が、売り物の「夏桃」を囓《かじ》りながら歩いている光景だ。

毎日の食事内容までメモした病床日記『仰臥漫録』は明治三四年九月二日が書き始めなので、さすがに「夏桃」の記述はないが、果物好きの子規のこと、たっぷりの果汁を無精髭《ぶしょうひげ》に滴《したた》らせながら「夏桃」を食した日もあったに違いない。

■七月二日　簟

持ち来《きた》るアイスクリムや簟《たかむしろ》　一八九九（明治三二年）

「簟」とは、細く割った竹や籐《とう》で編んだ夏の敷物《しきもの》のこと。「アイスクリム」も「簟」も夏の季語だが、当時「アイスクリム」は一般に出回っていたのか？

横浜市中区役所のＨＰにて、元祖「アイスクリム」の記事を発見！　明治中頃の横浜の氷水屋「元祖アイスクリム港屋」の写真やら、国産氷が輸入氷にうち勝った話など興味深く拝見拝読。揺れ動き驀進《ばくしん》し変容した明治という時代を改めて感じた次第である。

■七月二二日　瓜

瓜《うり》くれて瓜盗まれし話かな　一九〇〇（明治三三）年

「瓜」はウリ科植物の総称。西瓜《すいか》・胡瓜《きゅうり》・南瓜《かぼちゃ》・糸瓜《へちま》はそれぞれ独立した季語として詠まれる場合が多いので、夏の季語としての「瓜」は、甜瓜《まくわうり》・越瓜《しろうり》だと考えるのが妥当か。

「涼しさやくるりくるりと冷し瓜」「くみあげて又戻しけり冷しうり」は甘い甜瓜！　だと思うが、「学校の敷地になりぬ瓜畑」「瓜の籠茄子《かごなすび》の籠や市の雨」は、さてどちらだろう？　なんて、子規の句を読みすすめていくのも楽しい。

■七月二三日　蟬

庭の木にらんぷとどいて夜の蟬　一八九六（明治二九）年

子規さんの病間は、伏せったままでも庭の様子が見えるようにという弟子たちの配慮で、硝子戸《ガラスど》が入れられていた。「らんぷ」の下、俳句分類に没頭する日もあれば、黙々と原稿を書く日もあっただろう。はたまた、故郷の風の便《たよ》りを語る母や妹の言葉に耳を傾ける夜もあったに違いない。ジジと焼ける「らんぷ」の芯《しん》の揺らぎは、ほのかな火影《ほかげ》となって「庭の木」に届き、ときおり「夜の蟬」を鳴かせたりもするのだろう。

■七月二四日　日盛《ひざかり》

日ざかりに泡のわき立田面《たつたづら》哉　一八九二(明治二五)年

苗が青々と生長する頃、田草は怖ろしい勢いで伸び始め、田水も「泡のわき立」ような暑さとなる。「日ざかりに泡のわきたつ小溝哉」もあるが、こっちはドブ臭い感じだ。

季語が違うだけの二句「日盛りや砂に短き松の影」「蟬なくや砂に短き松の影」も発見！　私なら「蟬なくや」に軍配を上げる。「砂に短き松の影」の表現に日盛りの影は充分見えるし、聴覚情報としての季語「蟬」の効果は捨てがたい。

■七月二五日　　夏草

夏草やベースボールの人遠し　　一八九八(明治三一)年

子規が野球に興味を持ったのは、第一高等中学校(東京大学予備門が一八八六年に第一高等中学校と改称)時代。「ベースボールほど愉快にてみちたる戦争は他になかるべし」とも述べているが、「今やかの三つのベースに人満ちてそぞろに胸のうちさわぐかな」等の短歌の連作を読むと、彼の心の愉快が直《じか》に伝わってくる。捕手だった彼のユニホーム姿の写真を見ていると、「夏草」の向こうから聞こえてくる「ベースボール」の声が、私の耳にも確かに届いたような気がした。

■七月二六日　　避暑

携へし避暑案内や汽車の中　　一八九九(明治三二)年

「避暑」という習慣が日本に入ってきたのはいつ頃なんだろう。調べてみると「明治一九年、宣教師A・C・ショーが、旧軽井沢の民家を借りて一夏を送ったことから避暑の歴史が始まった」と解説のあるHPを発見！「汽車の中」で開く「避暑案内」はこの夏を過ごす別荘への期待感か、「避暑」への憧《あこが》れか。「ラムネ屋も此頃《このごろ》出来て別荘地」もまた、この時代におけるモダンな句材の一つだ。

■七月二七日　納涼船

涼み舟団扇《うちわ》の端をぬらしけり　一八九八（明治三一）年

「涼み舟」が上げる飛沫《しぶき》に濡《ぬ》れたのだろうか、水に手を触れようとした拍子にちょいと濡らしてしまった「団扇」なのか。「涼み舟」も「団扇」も夏の季語だが、水に濡れる「団扇」を小道具として「涼み舟」のさまを描いた一句だ。

納涼舟は、夜の川風を喜び、夏の月を愛《め》でつつ進んでいく。「月の出るまではしづかやすずみ舟」も子規の句だが、「大阪の芝居くさすや涼み舟」もまた納涼舟の一コマ。

■七月二八日　　青簾

議事堂や出口出口の青簾《あおすだれ》　　一八九四(明治二七)年

「議事堂」の「出口」という「出口」に吊《つる》された「青簾」は、政治が若々しく動き始めた明治という時代の、素朴な原風景の象徴でもあるかのようだ。松山中学校三級生となった明治一五年九月頃から、子規は政治に興味を持つようになる。当時広まった自由民権運動は、若い学生の血を熱くし、子規は友人達と共に演説に熱中する。が、子規の将来への志望は、政治家、哲学者、小説家と二転三転していく。

■七月二九日　　夏野

絶えず人いこふ夏野《なつの》の石一つ　　一八九四(明治二七)年

同年、季語「夏野」で多くの句を作っている子規。「限りなく鉄道長き夏野哉」

「十二時の大砲ひびく夏野哉」もそれぞれ「鉄道」「大砲」の言葉によって「夏野」を表現しようとしているわけだが、掲出句の「石一つ」に敵《かな》いはしない。夏草の匂《にお》う場所にある一つの「石」に焦点をあてることで「夏野」はその広さを獲得し、「絶えず」憩《いこ》う「人」を描くことで「石」は「夏野」の中心にありありと存在し始める。我が愛唱の一句である。

■七月三〇日　氷室

花守《はなもり》と同じ男よ氷室《ひむろ》守　　一八九二(明治二五)年

「氷室」とは、天然の氷を保存しておくための室。かつては地中の穴に氷を並べ、茅《かや》などをかぶせ保存した。別子《べっし》銅山の産業遺跡を取材した時、氷室があった場所も案内してもらった。昼なお暗い山かげの穴は、確かに「氷」が保存出来そうな山の冷気に沈んでいた。

桜の頃の「花守」の記憶に、たしかにどこかで会ったことのある男だ……という思いが重なった一句。小さな謎と翳《かげ》りを持った「男」の横顔が見えてくる。

■七月三一日　　　　胡瓜

其《その》題の胡瓜《きゅうり》の頃に死なれけり　　　一八九六(明治二九)年

「ある翁《おきな》のもとへ発句《ほっく》会にまかりけるに胡瓜などいへる句をこそものせしか、はや三年になりけるにその翁みまかりぬと聞きて」という長い前書き。三年前句座を共にした「翁」はあの時の「題」であった「胡瓜」が採れる頃に亡くなったよ、という追悼《ついとう》の一句だ。

俳句という詩形は、記憶を新鮮にパッケージングする。その日その場所にいた人、交わされた会話、天気、風などが、生々しく蘇《よみがえ》ってくるから不思議だ。

■八月一日　　　　暑さ

ぐるりからいとしがらるる熱さ哉　　　一八九三(明治二六)年

「病中」と前書きのある一句。この年は、二月、四月、六月と病床に伏せることがしばしばあった。「痰《たん》吐けば血のまじりたる暑哉《あつさ》」「猶《なお》熱し骨と皮とになりてさへ」も同年の作だが、こんな病状の中で「ぐるりから」、つまり周辺の人間たちから心配されるのも暑いことだと溜息をつく子規。さらに「生きてをらんならんといふもあつい事」は制作年不詳だが、こちらの句には諦念《ていねん》めいた苦笑も読み取れる。

■八月二日　　暑中見舞

腐り居《お》る暑中見舞の卵かな　　一八九九(明治三二)年

「暑中見舞」に貰《もら》った「卵」は、病人にとって滋養の食物。それがすでに腐っているというのだから、病人にも堪《こた》える暑さであろうことは、推《お》して知るべしだ。ある日の『仰臥漫録』には、「この頃食ひ過ぎて食後いつも吐きかへす」との記述。ちなみにこの日の夕飯は「奈良茶飯四椀、なまり節　茄子《なす》一皿」だが、二時過ぎに「牛乳一合ココア交《まぜ》て　煎餅《せんべい》　菓子パンなど十個ばかり」を食べて後のこれだから、強《したた》かな病人だ。

■八月三日　蝿の声

活《い》きた目をつつきに来るか蝿《はえ》の声　一九〇二(明治三五)年

「病中作」と前書きのある子規晩年の一句。生きながら身動きできぬ体、「蝿」一つ追うことのできない体にたかる「蝿」の五月蝿《うるさ》さを、「活きた目をつつきに来るか」と表現することで、読み手はリアルな不快感を共有する。

やはり子規の句に「活きた目をつつきに来るか蝿の飛ぶ」もあるが、「蝿の飛ぶ」という説明臭い表現よりも、掲出句「蝿の声」に我が目を突かれそうな不安感を煽《あお》られる。

■八月四日　短夜

短夜《みじかよ》やほろほろもゆる馬の骨　一八九六(明治二九)年

一読、なんで「馬の骨」が燃えているんだろう……と思う。火葬した愛馬の、その「骨」がまだ「ほろほろ」と燃え残っている、という光景なのだろうか。

かつて牛馬は人間の生活になくてはならない存在だったが、そんな「馬」の死を、眼前に燃える「骨」として凝視《ぎょうし》した時代も確かにあっただろう。「ほろほろ」と燃える「馬の骨」は、「短夜」に息づく青白い鬼火《おにび》のごとく、静かに揺れ続けているに違いない。

■八月五日　蚊帳

蚊帳《かや》釣りて書《ふみ》読む人のともし哉　一八九五(明治二八)年

閉所恐怖症気味の子供だった私は、「蚊帳」があまり好きではなかった。特に風の通らない蒸し暑い夜は、息をすること自体が重苦しく感じられた。

夜更《よふ》けの風がさわさわ動き始める頃、ふと目が覚める。小さな読書灯の下、父はいつも何か読み耽《ふけ》っていた。ぼんやり灯《とも》った「蚊帳」は海底のような静けさで私と父を包んでいた。かすかに波打つ「蚊帳」の美しさを思いつつ、再び眠りに沈んでいくのが常だった。

■八月六日　百日紅

学校の昼静かなり百日紅《さるすべり》　一八九四(明治二七)年

「百日紅」は、サルスベリ。夏の中頃から秋まで百日咲き続けるという意味の命名だ。

この句を初めて読んだ時の既視感を今もありありと思い出す。静まりかえった校舎。白く乾ききったグラウンド。炎天に身じろがぬバックネット。吹き起こる熱風にくらりと揺れ始める「百日紅」。元中学校の教員であった私は、子規のこの一七音を媒介として、あの暑い校舎のざらざらした壁の感触まで思い出してしまうのだ。

■八月七日　紙魚

我書《かい》て紙魚《しみ》くふ程《ほど》に成《なり》にけり　一八九三(明治二六)年

子規記念博物館制作『子規記念博物館へようこそ!』というガイドシートがある。

子供向けの資料だが、子規の人生・仕事・魅力など大変分かり易《やす》く編集されている。ガイドシートNo.6には、子規の俳句分類原稿の写真が載っている。「二段重ねにして本箱よりも高く積み上げ」られたそれは、まさに「我書て」の高さであり「紙魚くふ程」の嵩《かさ》である。さぞかし「紙魚」たちも、食い甲斐《がい》のある仕事であったろう。

■八月八日　秋に入る

草花を画《えが》く日課や秋に入《い》る　一九〇二(明治三五)年

この連載を始めてから常に私の鞄の中にあるのが『子規の一生』(『子規選集』一四巻)の一冊だ。この巻の表紙カバーに印刷されているのは、子規が描いた野菊の絵。丁寧に色を置き重ねた葉の質感も瑞々《みずみず》しい。この本の何が重宝かといえば、明治〇年〇月〇日何が起こったかが、見事に整理記録されている点だ。例えば、子規が『草花帖』に野菊を描いたのは明治三五年八月十日。ちなみに、この日が衆議院議員総選挙であったとも書いてある。

■八月九日

朝顔

朝顔ヤ絵ニカクウチニ萎《しお》レケリ　一九〇一(明治三四)年

『仰臥漫録』明治三四年九月一三日の頁《ページ》に描かれた「朝顔」、その絵に添えて記された四句の内の一句がこれ。みるみる「萎れ」てしまう「朝顔」ゆえの愛《いと》しさもあるのだろう。

明治三〇年の作に「朝顔の戸に掛けて去る牛の乳」があるが、子規の記録には「牛乳一合ココア入」と「菓子パン」の間食が頻繁に登場する。病人に毎日届けられる「牛の乳」は、鮮やかな「朝顔」と共に正岡家の朝を彩《いろど》っていたに違いない。

■八月十日

残る暑さ

腹中《ふくちゅう》にのこる暑さや二万巻　一九〇二(明治三五)年

初めてこの句を読んだ時、読みたくても読み切れない本「二万巻」への執着を

「腹中にのこる暑さ」と表現した……と解釈していたが、この句に「吾空《ママ》類焼《るいしょう》にかかりて二万巻やきたりとかや」の前書きがあったことを知った。

秋田の『俳星』発行所、島田五空《ごくう》宅が焼けた火事見舞いだという。本好きな人間にとって「二万巻」が灰と化すことを想像するだけで、まさに「腹中」渦巻く残暑の心持ちがする。

■八月一一日

芙蓉

芙蓉《ふよう》ヨリモ朝顔ヨリモウツクシク　一九〇一（明治三四）年

『仰臥漫録』明治三四年九月五日の記述。「午前　陸妻君巴《くがさいくんともえ》さんとおしまさんとをつれて来る　陸氏の持帰りたる朝鮮少女の服を巴さんに着せて見せんとなり」。

「陸氏」とは、子規の後見人であり、新聞『日本』の社主でもあり、隣家の住人でもあった陸羯南《かつなん》のこと。このチマ・チョゴリを着た少女の姿を、「芙蓉ヨリモ朝顔ヨリモ」鮮やかな彩色画で描いてみせようとした子規なのである。

■八月二二日　西瓜

風呂を出て西瓜《すいか》を切れと命じけり　一八九六（明治二九）年

当時のことだから、「西瓜」を冷やすとは井戸の中に放り込んでおくのだろうか。「風呂」から上がるなり「西瓜を切れ」と命令するとは明治の家長ならではの台詞《せりふ》。そう考えると、イマドキのお父さんにとっては憧れの一句なのかもしれない⁉ 明治二九年は、彼の病名が脊椎《せきつい》カリエスだと判明した年。「風呂」に入れたか否かなどという作者の状況は抜きにして、ストレートに「西瓜」という季語を味わいたい一句だ。

■八月二三日　迎火

いちはやく迎火《むかえび》焚《た》きし隣哉　一八九八（明治三一）年

「死後」という一編がある。子規自身がどう葬られたいかという話なのだが、土葬は「いかにも窮屈」、白骨だけが残る火葬は「甚だ面白《はなは》くない」、泳げないので水葬も嫌。ミイラは悪くない選択だが「浅草へ見世物に出されてお賽銭《さいせん》を貪《むさぼ》る資本とせられては誠に情け無い次第」などと次々に思いを巡らせるのが可笑《おか》しい。「ならう事なら星にでもなつて見たい」という彼のために、小さな「迎火」でも焚いてみるかと思いもする今年のワタクシである。

■八月一四日　　燈籠

去年よりちいさき燈籠《とうろう》吊《つる》しけり　　一八九六（明治二九）年

私の育った村では、お盆になると精霊棚《しょうりょうだな》を組み立て位牌《いはい》を並べる。父が亡くなってから精霊棚を組み立てるのは私の仕事となり、年々気短《きみじか》になる祖母は「おしょらい棚さえ出してくれたら盆用意が出来るのに」とよく愚痴ったものだった。精霊棚にはさまざまな供物《くもつ》と共に「燈籠」も飾る。「この灯《ひ》を目当てに仏さんが帰ってくるんよ」と目を細めていた祖母も、今は燈籠の青い灯を目当てに帰ってくる彼岸《ひがん》の人となってしまった。

■八月一五日　　生身魂

生身魂《いきみたま》七十と申し達者也　　一八九五(明治二八)年

「生身魂」とは、生きている目上の人にも礼を尽くし、美味《おい》しいものを供《そな》え、その長寿を祝おうという精神性に充ちたお盆の季語だ。

明治時代の平均寿命は、およそ「男性四四歳、女性四五歳」。昭和二二年の資料でも「男性五〇歳、女性五四歳」となっているから、「七〇」が生身魂と崇《あが》めるに足りる年齢だった時代は思いのほか長かった。後期高齢者なんて発想は微塵《みじん》もない時代のことである。

■八月一六日　　念仏踊

親負《お》うて踊念仏《おどりねんぶつ》見に行《いか》ん　　一八九四(明治二七)年

「踊念仏」とは、太鼓・鉦《かね》を打ち鳴らしながら念仏や和讃《わさん》を唱え踊るもので、鎌倉時代に一遍上人《いっぺんしょうにん》によって広められた、重要無形民俗文化財でもある。

長野県佐久《さく》市から招かれた保存会の皆さんの踊りを、子規記念博物館で拝見した。次第に速さと強さを増していく鉦の音や、太鼓の周りを跳ね踊る女の人たちの上気してゆく頰《ほお》の色に、これぞ宗教舞踏《ぶとう》である！　という静かな陶酔を味わった貴重な体験であった。

■八月一七日　白粉花《おしろいばな》

おしろいは妹のものよ俗な花　一八九八（明治三一）年

「妹」の律《りつ》が居なくては一日も過ごせない大病人・子規は、事もあろうに『仰臥漫録』で彼女をこき下ろしている。「律は理屈づめの女なり　同感同情のなき木石《ぼくせき》のごとき女なり」と。穴の開いた患部の包帯交換、食べることだけが楽しみだという大喰らいの病人の食事の支度、日に何回とある便通の世話。喚《わめ》き煩悶《はんもん》し癇癪《かんしゃく》を起こす兄のヒステリックな罵詈《ばり》雑言《ぞうごん》を、律は「おしろい」の花を眺めるふりをして聞き流すこともあったに違いない。

■八月一八日　摂待

摂待《せったい》の施主《せしゅ》や仏屋善右衛門《ほとけやぜんえもん》

一九〇〇(明治三三)年

『季語別子規俳句集』によると「摂待」は秋の季語。「寺の門前や往来に清水《しみず》または湯茶を出しておき、通りがかりの修行僧に振る舞うこと」というのが辞典的解説だが、そう言われてみると、愛媛県の西予市《せいよ》辺りに、「摂待」のための茶堂《さどう》が点在しているのを思い出した。あれこそが季語の現場であったとは知らなかった。

それにしてもこの「施主」の名前のなんともそれらしいこと！　余りにそれらし過ぎて、胡散臭《うさんくさ》い気持ちになるのは、臍《へそ》曲がりなワタクシゆえの読みかなあ。

■八月一九日　萩

萩咲て家賃五円の家に住む

一八九七(明治三〇)年

明治二七年、上根岸《かみ》に最後の引っ越しをした子規。この年の月給は三〇円である。

明治三四年の『仰臥漫録』には「家賃くらべ」という記述もある。「虚子（九段上）十六円」「碧梧桐（猿楽町《さるがくちょう》）七円五十銭」「ホトトギス事務所四円五十銭」「秀真《ほつま》（本所《ほんじょ》緑町）四円（畳建具なし）」などそれぞれの懐具合が見えるが、この年の子規の家賃は六円五〇銭にして月給五〇円。「萩」の咲く家での、母・妹との慎《つつ》ましやかな三人暮らしである。

■八月二〇日　　秋の蚊

秋の蚊のよろよろと来て人を刺す　　一九〇一（明治三四）年

『仰臥漫録』九月二〇日の記録には蚊帳《かや》の略画が描いてあり、そこに「病人の息たえだえに秋の蚊帳」など五句が書き添えられている内の一句。この頃、しきりに妹・律への不満を「彼は癇癪《かんしゃく》持なり」などと書き立てる子規だが、二一日の記述ではこうも独白する。苦痛が募るにつれ「我《わが》思ふ通りにならぬために絶えず癇癪を起《おこ》し人を叱《しっ》す　家人恐れて近づかず」。そんな病人に近づいてくる「秋の蚊」をじっと見つめる子規がいる。

■八月二一日

夜更《ふ》ケテ米トグ音ヤキリギリス　　蟋蟀《きりぎりす》

一九〇一(明治三四)年

『仰臥漫録』九月二〇日の記録で、妹・律を「木石《ぼくせき》のごとき女」だと罵《ののし》る子規は、翌二一日「律は強情なり」と言い募りつつも、発言のニュアンスが変わってくる。看護師を雇うことが出来ても律に勝る看護師はいないし、その上彼女は「お三《さん》どん」であり「一家の整理役」であり「余の秘書」でもあると認める子規。そんな兄の勝手な書きようは意にも介さず、明日のための「米」をとぐ妹に、「きりぎりす」の夜は更けていく。

■八月二三日

書に倦《う》むや蜩《ひぐらし》鳴て飯遅し　　蜩

一八九七(明治三〇)年

読書にも飽き、「蜩」は鳴き続け、さて「飯」は未《ま》だかと嘆《たん》ずる大病人・子規。

『仰臥漫録』に間食のメニューとして度々出てくるのが「菓子パン」。ある日の記録には食べた数種の菓子パンの絵まで丁寧に描いてある。「菓子パン数個とあるときは多くこの数種のパンを一つ宛《ずつ》くふなり」と記してあるが、ほぼ毎日、間食の記録がある大病人の、「飯遅し」という日々の愚痴を、庭の「蜩」も苦笑しつつ聞いていたに違いない。

■八月二三日

秋の蚊帳

筆モ墨モ溲瓶《しびん》モ内ニ秋ノ蚊帳　一九〇一（明治三四）年

子規の俳号に「獺祭書屋主人《だっさいしょおくしゅじん》」というのもあるが、これは獲《と》ってきた魚を自分の巣の中に並べる「獺《かわうそ》」の習性と、子規ご本人の散らかし癖とを掛けた俳号だ。

明治三五年『病牀六尺』に書かれた枕元の様子はこんな具合。「絵本、雑誌等数十冊。置時計、寒暖計、硯《すずり》、筆、唾壺《だこ》、汚物入れの丼鉢、呼鈴《よびりん》、まごの手、ハンケチ」などが並んでいる。「筆」も「墨」も「溲瓶」も我が手に届くところにある病床六尺なのである。

■八月二四日　女郎花

つとのびてほちりとさくや女郎花《おみなえし》　一八九一（明治二四）年

「女郎花」の姿形を「つと」と伸び「ほちり」と咲くと表現するこの感覚が、素朴にして真。目の前に「女郎花」の咲きっぷりが、ほちりと見えてくるかのようだ。「ちよほちよほと花かたまつて女郎花」「すよすよとのびて淋しや女郎花」もあるが、子規の編み出す擬態語《ぎたいご》・擬音語はなかなか独創性に富んでいる。太陽はギラギラ、太鼓はドンドン、鶏はコケコッコーとしか書けない俳人なんて不甲斐ないですよね、子規さん。

■八月二五日　夕顔

夕顔《ゆうがお》ノ棚ニ糸瓜《へちま》モ下リケリ　一九〇一（明治三四）年

『仰臥漫録』九月二日の記述。「庭前の景は棚に取付《とりつい》てぶら下りたるもの　夕顔二、三本瓢《ふくべ》二、三本糸瓜四、五本夕顔とも瓢ともつかぬ巾着《きんちゃく》形のもの四つ五つ」。この「巾着形のもの」の正体が分かったのは八日の出来事。教えてくれたのは出入りの理髪師だった。「夕顔に似て円《まる》きものは干瓢《かんぴょう》なりと」。なるほど干瓢だったかと納得したのも束《つか》の間《ま》、棚に咲いた二輪の白い花に、「夕顔か瓢か干瓢か分らず」と子規のさらなる興味は移る。

■八月二六日　　草の花

草の花練兵場《れんぺいじょう》は荒れにけり　　一八九五（明治二八）年

「草の花」は秋の雑草の花の総称。この季語と初めて出会った時、なんて優しい日本語なのだろうと思った。掲出句は、日清戦争の終わった明治二八年の作。荒れた「練兵場」の「草の花」は、戦争に高揚し疲弊《ひへい》していく小国の秋風に咲き揺れているのである。

明治三四年作「草花の鉢並べたる床屋かな」は「昨日床屋の持て来てくれた盆栽」と添え書きのある一句。練兵場の「草の花」とは一味違った季語の表情だ。

■八月二七日　　秋の蝿

秋ノ蝿《はえ》追ヘバマタ来ル叩《たた》ケバ死ヌ　一九〇一(明治三四)年

『仰臥漫録』明治三四年九月八日の一句。身動きもならぬ体を舐《な》めにくる「秋の蝿」に苛立《いらだ》ちつつも、叩けば呆気《あっけ》なく死ぬ「秋の蝿」に、己《おのれ》の命を見つめているのかもしれない。

この日の記述には「この夜一時頃まで安眠」とあるが、いつもは眠るに眠れない痛みに苛《さいな》まれる夜が続いていたのだろう。「欲睡《ねむらんとほっす》」という前書きのある九月一七日付の「秋の蝿叩き殺せと命じけり」もまた、痛々しい一句である。

■八月二八日　　秋

氷嚙《か》ンデ毛穴ニ秋ヲ覚エケリ　一九〇一(明治三四)年

『仰臥漫録』明治三四年九月九日「頭を扇《あお》がしむ　氷水に葡萄酒《ぶどうしゅ》を入れて飲む」と

感覚の記述の後の一句。葡萄酒に浮かせた「氷」が病人の熱を僅《わず》かに癒《いや》してくれる感覚を、「毛穴」に「秋」を感じることだよと詠嘆する子規の現実は切ない。「人問ハバマダ生キテ居ル秋ノ風」「病牀ノウメキニ和シテ秋ノ蟬《せみ》」も同じ日の作品だが、己を突き放したこの読みぶりは辞世糸瓜《へちま》三句へと貫かれる姿勢でもある。

■八月二九日

稲雀

嬉しさうに忙がしさうに稲雀《いなすずめ》　一八九四(明治二七)年

先日、宇和盆地を車で通った。早くも稲刈りの終わった田もあれば、まだ青い穂の揺れている田もあった。車窓に映るさまざまな田の表情に見とれていたら、運転をしていた夫のケイタイ電話が鳴った。急ぎの連絡に対応するため、しばし車を止めると、眼前の田には「稲雀」が波のように押し寄せてくる。「嬉しさうに忙しさうに」という言葉そのままに寄せては返す「稲雀」に見とれた十数分の小さな小さな秋の吟行《ぎんこう》。

■八月三〇日　　案山子

どちらから見てもうしろの案山子《かかし》哉　　一八九三(明治二六)年

こんな「案山子」、お目にかかったことありそうだなあと思う。こんな「案山子」は「人をみなからすと思ふかがし哉」だったりするのかなと思う。「試みに案山子の口に笛入れん」なんて想像する子規さんも、相変わらず可笑《おか》しい。可笑しいついでに「其中《そのなか》に把栗《はりつ》の如《ごと》き案山子かな」なんて句を発見。「把栗」とは福田把栗。僧侶で漢詩人で俳人だった弟子を案山子呼ばわりするとは、口の悪い師匠であるよ。

■八月三一日　　稲の花

稲の花道灌山《どうかんやま》の日和《ひより》かな　　一八九四(明治二七)年

「稲の花」の開花は二百十日頃。この時期の雨風が米の収穫量を左右する。己の非農産的生活を思えば、俳句と出会わねば「稲の花」に心を寄せることもなかっただろう。

東京・西日暮里《にしにっぽり》の高台「道灌山」は、子規も散策し、紀行文にも書き、自らの文学上の後継者になることを虚子に迫った場所でもあるが、そんな翌年の文学史上の事件を、この「道灌山の日和」に咲いた「稲の花」たちが知っていたはずもない。

■九月一日　二百十日

大仏に二百十日《とおか》もなかりけり　一八九五(明治二八)年

「二百十日」とは、立春から数えて二一〇日目で九月一日頃。この日は「厄日《やくび》」とも言い、処暑《しょしょ》・二百二十日《はつか》と並び台風の特異日でもある。農家にとっては警戒すべき厄日だが、鎮座した「大仏」には「二百十日」なんて関係ないかとつぶやく可笑しみの一句だ。

「地震さへまじりて二百十日哉」は明治二九年の作だが、大正一二年九月一日は関東大震災が起こった日。日本にとってまさに大いなる厄日となった日であった。

■九月二日

木槿

家借られざる一月《ひとつき》木槿《むくげ》盛り也

一八九七(明治三〇)年

俳句は、きっちり五七五にしなくてはいけない！……わけではない。五七五のリズムを踏まえた上でのバリエーションも韻文《いんぶん》の楽しさ。「家借られざる」と七音を一気に読み下した後、中七・下五を定型のリズムで詠ずるのがこの句の声調の宜《よろ》しさだ。

字余りといえば、高浜虚子にはこんな句もある。「凡《およ》そ天下に去来《きょらい》程の小さき墓に参りけり」。これもまた長い上五を一気に朗々と詠じたい一句だ。

■九月三日

鴫

淋《さび》しさの三羽減りけり鴫《しぎ》の秋

一九〇一(明治三四)年

弟子の長塚節《たかし》から「鴫三羽小包にて」との手紙が来た。「百舌《もず》も鳴き出し候　椋《むく》

どりもわたり申候　蕎麦《そば》の花もそろそろ咲き出候　田の出来は申分《もうしぶん》なく秋蚕《あきご》も珍しき当《あた》りに候」と添えられた文面を読み、子規は「田舎の趣《おもむき》見るがごとし　ちよつと往《いっ》てみたい」と記す。

夕飯後届いた小包には「三羽一くくり」の鳴。手紙に描かれた「田舎の趣」に浸りつつ、彼《か》の地に広がっているであろう沢の景に思いを馳《は》せる「鳴の秋」である。

■九月四日　桃の実

桃太郎は桃金太郎は何からぞ　一九〇二(明治三五)年

「男の子一人ほしといふ人に代《かわ》りて」という前書き。「桃太郎は桃」から生まれたが、「金太郎」のような元気な男の子は、はて「何から」と、とぼけている一句だ。

同じく『仰臥漫録』には、「女の子ほしといふを」という前書きのこんな一句「花ならば爪《つま》くれなゐやおしろいや」も並んでいる。「爪くれなゐ」は鳳仙花《ほうせんか》、「おしろい」は白粉花《おしろいばな》。よくよく思えば、終《つい》ぞ子を為《な》さざる男の晩年の二句である。

■九月五日

秋の山

一八九二(明治二五)年

行先のはっきり遠し秋の山

愛媛県にまだ河辺村(現大洲《おおず》市)という名前が残っていた頃、「坂本龍馬脱藩の道を歩く」という集まりに呼んでいただいたことがある。草鞋《わらじ》と竹筒の水筒をもらい張り切って歩き出したのはいいが、歩いても歩いても山道はますます深くなるばかり。不安になり「あとどのくらい歩くんですか?」と尋ねたら、「あの山を越えたらゴールです」と爽《さわ》やかな答えが返ってきた。彼が指さす「秋の山」は、まさに「はっきり」と遥《はる》かな距離に青々と聳《そび》えていた。

■九月六日

秋の蝉

一八九五(明治二八)年

啼《な》きながら蟻《あり》にひかるる秋の蝉

こんな「秋の蝉」を、たしかに私も見たことがある。羽を傷めて飛べなくなっていたのか、生きる力尽きて地に落ちたところを「蟻」に取り囲まれてしまったものか。啼く力を残しながらも引かれていく「秋の蟬」の死への抵抗と、生きねばならぬ「蟻」たちの生へのエネルギー。そんな光景を残酷などという言葉で片付けてしまわず、じっと凝視《ぎょうし》する。その行為は、俳人という人種の生きてある性《さが》というべきものかもしれない。

■九月七日　　梨

小刀や鉛筆を削り梨を剝《む》く　　一八九六(明治二九)年

「小刀や」と詠嘆する上五が可笑《おか》しい一句。「鉛筆」を削るための小刀で「梨」も剝いて食べる、この愛すべき無頓着《むとんちゃく》もまた、子規という人間の魅力だ。

「昼淋《さび》し梨をかぢつて句を案ず」も同年の作だが、その案じた句の中に「小刀」の一句もあったのかもしれない。おっ！　一句出来たと書き付ける「鉛筆」には「梨」の果汁が滲《し》みているのだろうし、嚙《かじ》る「梨」には黒い鉛筆の粉もついているのだろう。

■九月八日　　鬼灯

虫売《うり》と鬼灯《ほおずき》売と話しけり　　一八九六（明治二九）年

転職するなら、という話で盛り上がった事がある。俳句仲間とは愛すべき変人たちで、「転職における最大の条件は自由に句会に行ける事だ」と皆が主張する。自給自足のお百姓、小さな寺の和尚《おしょう》、食える俳人など勝手な意見が出たが、それを現職業とする人間から「楽じゃないんだよ」と反論噴出！　結局、憧れの職業ベスト三は「鬼灯売・虫売・花守」ってことになった。こんな風雅な季節労働者ってのもワルかないかもね、子規さん。

■九月九日　　枝豆

枝豆ヤ三寸飛ンデ口《くち》ニ入《い》ル　　一九〇一（明治三四）年

『仰臥漫録』九月一三日の一句。「『週報』募集俳句を閲《けみ》す　題は枝豆」とあるので、兼題として出した「枝豆」の句を自分も作ってみたというところか。題を出して作ることを題詠というが、この面白さは、想が想を芋蔓《いもづる》式に引っ張り出すメカニズム。同日作に「枝豆ノツマメバハヂク仕掛カナ」もあるが、「枝豆」を食べる様子を脳内写生？　していけば、「三寸」なんてリアルな距離を摑《つか》み取ることも出来るのだ。

■九月十日

引《ひい》てから耳たてて聞く鳴子《なるこ》哉　　鳴子

一八九二（明治二五）年

「鳴子」とは、遠くで綱を引くと、板に掛け並べた竹筒が鳴って、田を荒らしに来た鳥を脅《おど》かすという鳥威《おど》しの一種だ。同様の発想のこんな句「引張て耳たてゝゐる鳴子哉」も残している子規だが、綱を引っ張ったあと、その揺れが音となって聞こえてくるまでの僅《わず》かな時間を表現してこそのこの季語。掲出句の「引てから」という、聞き耳を立てて待つささやかな時間の表現に、私としては軍配を上げたいところだ。

■九月一一日　鹿

松に身をすつて鳴《なき》けり雨の鹿　一八九二（明治二五）年

鹿の鳴き声だと初めて教えてもらった時、哺乳類らしからぬ繊細な鳴き声に感嘆した。「松に身を」擦《す》り寄せて嘆く「雨の鹿」の句を読めば、まさにその声だとも思えてくる。

ヒィユーッヒィユーッと聞こえたあの声を、鹿の生態に詳しい友人に真似してみせたら、それは雌鹿が危険を知らせる声かも……と言われた。あの物悲しい声で知らせる危険とは、一体どのようなものであったか、切ない想像がまた広がる。

■九月一二日　馬追

馬追《うまおい》の長き髭《ひげ》ふるラムプ哉　一八九八（明治三一）年

「ラムプ」の灯《あか》りに寄ってきた「馬追」。その長い触角を「髭」と見立てている句ながら、見立ての句にありがちな理知が鼻につくこともない。かそけく動く「髭」は、かそけき影をつくり、「ラムプ」の火影《ほかげ》はほのかにほのかに揺れる。

この年、俳誌『ほととぎす』は発行所を東京に移し、虚子を発行人として刊行されることとなった。子規の文筆活動も益々盛んとなる、そんな秋の「ラムプ」である。

■九月二三日　秋の蝶

秋の蝶動物園をたどりけり

一八九二(明治二五)年

「秋の蝶」を追うかのように「動物園」の檻《おり》々を辿《たど》っていく作者も見えてくる一句。

この句から十年後、『病牀六尺』に「自分の見たことのないもので、ちよつと見たいと思ふ物」を書き記している。「活動写真、自働電話及び紅色郵便箱、ビヤホール、蝦茶袴《えびちゃばかま》の運動会」などと共に並ぶのが「動物園の獅子《しし》及び駝鳥《だちょう》」。好奇心の塊《かたまり》のようなこの男に、せめてライオンぐらいは見せてやりたかったと、子規忌近《き》づく今日この頃の思いだ。

■九月一四日　蓮の実

蓮の実の飛ばずにくさるものもあらん　一八九七(明治三〇)年

「蓮の実」の形状は実に興味深い。あの穴から一つ一つの実が飛び出す瞬間に立ち会ってみたいものだと思うが、言われてみれば「飛ばずにくさるもの」もあるに違いない。

「世間大望を抱きたるまゝにて地下に葬《ほうむ》らるゝ者多し　されど余《わ》レ程の大望を抱きて地下に逝《ゆ》く者ハあらじ」と嘆く子規の姿にこの蓮の実を重ねてしまうのは、読者の側の勝手な深読み。これはこれとしての俳味を味わいたい一句だ。

■九月一五日　露

星一ツ飛んで音あり露《つゆ》の原　一八九二(明治二五)年

儚《はかな》いイメージを持つ「露」は、命に準《なぞら》えて詠まれることが多く、子規自身も「従軍の人を送る」と題して「生きて帰れ露の命と言ひながら」の句も残している。

が、掲出句は、そんな既成概念を飛び越えた一句。晴れた風のない夜に発生する「露」を思えば、雲一つない星空も想像できよう。「音」があるかのように鮮やかに飛ぶ「星一ツ」と、りんりんと鳴りそうな「露の原」。どちらも秋の夜の空気の中に息づいている。

■九月一六日　　粟

粟《あわ》の穂のここを叩くなこの墓を　　一八九五(明治二八)年

「法竜寺《ほうりゅうじ》に至り家君《かくん》の墓を尋ねれば今は畑中の荒地《あれち》とかはりはてたるにそぞろ涙の催《もよお》されて」と前書きの一句。「法竜寺」は子規の父の墓所だが、久しぶりに詣《もう》でてみると、寺内を鉄道が横切り墓は荒れ果て、胸の塞《ふさ》がる思いがしたという。

「粟」は秋の季語だが、実際子規が父の墓を詣でたのは、従軍を目前にしたこの年の三月。風にゆっさりと揺れる「粟の穂」に「ここを叩くな」と呼びかける哀切の口調の一句。

■九月一七日

其人《その》の名もありさうな花野《はなの》哉　花野

一八九三（明治二六）年

子規ほど恋愛に縁のない人はない。縁がないというよりは、縁を持つまでに死病に罹《かか》ってしまったといった方が正しいだろう。

これは「恋」と前書きのある一句。萩、野菊、桔梗《ききょう》、撫子《なでしこ》などの秋草が咲き広がる「花野」。その広い野の何処《どこ》かに、恋するあの人の「名」の花も咲いているのではないか、という発想がいかにも恋を知らない青年の想いではないか。

■九月一八日

ツクツクボーシツクツクボーシバカリナリ　つくつくぼうし

一九〇一（明治三四）年

この句を作った約一カ月後「大雨恐ろしく降る　午後晴」、彼は枕元の「鈍い小刀と二寸ばかりの千枚通しの錐《きり》」で自殺を図ろうとする。が、「考へて居る内にしやくりあげて泣き出し」てしまった自分の有り様を綴《つづ》ると共に、小刀と錐の絵も日記に描き写している。

さらにこの句から約一年後「ツクツクボーシツクツクボーシバカリ」の頃、子規は小刀の力も錐の力も借りないまま、その短い生涯を閉じることとなる。

■九月一九日　　糸瓜

糸瓜《へちま》咲《さい》て痰《たん》のつまりし仏かな　　一九〇二(明治三五)年

「これ子《し》が永眠の十二時間前すなはち十八日の午前十一時病床に仰臥《ぎょうが》しつつ痩《や》せに痩せたる手に依《よ》りて書かれたる最後の俳句なり」(新聞『日本』)

「痰のつまりし仏」とは子規自身のこと。死の寸前の己《おのれ》を「仏」と言い切る客観視は不屈のユーモア精神に支えられ、こんな辞世の句として結実した。病間の日除《ひよ》けにと作らせた糸瓜棚の花が、まさか己の死出《しで》の餞《はなむけ》となるとは彼自身思ってもみなかったことだろう。

■九月二〇日　野分

鶏頭《けいとう》ノマダイトケナキ野分《のわき》カナ　一九〇一（明治三四）年

明治三四年九月二日に書き始められた『仰臥漫録』の一日目に記された一句。この日の夕食後、鎮痛剤を飲んだ子規の枕元では母と妹が裁縫をしつつ「三人にて松山の話殊《こと》に長町《ながまち》の店家《みせや》の沿革話いと面白かりき」という時間を過ごしている。亡骸《なきがら》を抱き「サア、も一遍痛いというてお見」と号泣した母の脳裏《のうり》には、野分の来そうな庭先の「まだいとけなき鶏頭」と共に、和《なご》やかな夜の記憶も刻まれていたに違いない。

■九月二一日　秋の雨

秋の雨荷物ぬらすな風引くな　一八九七（明治三〇）年

「送漱石」との前書き。明治三〇年八月初旬から約一カ月東京近辺で静養していた漱石が、赴任地・熊本に帰ったのが九月十日。明日一番列車で新橋を出発するという葉書を受け取った子規は、「秋雨蕭々《しゅううしょうしょう》。汽車君をのせてまた西へ去る」と漱石に返信している。

「何でも大将にならなけりゃ承知しない男」と子規を語った漱石の元に、訃報《ふほう》が届いたのは五年後の秋。その日の倫敦《ロンドン》のお天気は、果たして如何《いか》ようであったか。

■九月二二日

曼珠沙華

田の中の墓原《はかはら》いくつ曼珠沙華《まんじゅしゃげ》　一八九八(明治三一)年

これに似た光景を見たことがある。山間《やまあい》の棚田だっただろうか。狭い土地を慈《いつく》しむように耕し尽くした「田」の彼処此処《あそここ》に、一族の小さな墓が点在している光景だった。

生きるために耕し続ける「田」の傍らに、生きることを全《まっと》うした親たちの「墓」を作る。汗も涙も血も流し尽くさねば生き得なかった時代の思いをかたちにしたかのように、「曼珠沙華」はあかあかとこの村の「墓原」を取り囲むのである。

■九月二三日　月

ある僧の月も待たずに帰りけり　一八九八（明治三一）年

「月」を愛《め》でる「月見」の風習が日本以外の地でも行われているのかどうかは不勉強にして知らないが、三大季題「雪月花」のうちの「月」は、日本人の美意識の象徴ともいえる魅力的な季語である。そんな「月」も見ないで帰ってしまった「ある僧」に子規の感興《かんきょう》はそそられる。「僧」の居た時間、中座した空間、「僧」の居なくなった時間を埋めるかのように昇る「月」の美しさ、それらの情報が簡明な言葉で表現された一句である。

■九月二四日　五日月

イモウトノ帰リ遅サヨ五日月《いつかづき》　一九〇一（明治三四）年

「即事」と前書きのある『仰臥漫録』の一句。妹・律を「木石《ぼくせき》のごとき女なり」と罵倒《ばとう》するのに、その「いもうと」の帰りが遅ければ遅いで心配もする兄である。

この日、律は、いつもの「笹《ささ》の雪」の豆腐をお土産に、四谷の加藤拓川《たくせん》宅へ使いに出掛けた。掲出句の数行あとに、「律帰る　お土産はパインアップルの缶詰と索麺《そうめん》」との記述。珍しい缶詰の話やら叔父の消息やら、「五日月」の賑《にぎ》やかな夜は更けていくのであろう。

■九月二五日　　名月

名月や伊予の松山一万戸　　一八九二（明治二五）年

「名月」の下に広がる「一万戸」こそが、わが「松山」であるよ、という朗々たる一句。百・千・万は多いことの美称としても使われるが、愛媛県内初の市として松山市が発足した明治二二年の人口を調べてみると約三万人。「一万戸」の信憑性《しんぴょうせい》は、はて？

令和元年の調査で、松山市の人口は約五一万人にして、およそ二五万世帯。五〇万人都市を照らし出す中秋《ちゅうしゅう》の「名月」は、いよいよ今宵《こよい》のお楽しみである。

■九月二六日　十六夜

十六夜《いざよい》は待宵程《まつよいほど》に晴《はれ》にけり　一八九二(明治二五)年

「十六夜」は陰暦八月一六日の夜、そしてその夜の月を指す。十五夜より少し遅れるので「躊躇《ためら》うように出る月」という意味の名でもある。片や「待宵」は陰暦八月一四日の夜のこと。「十六夜」は「待宵」ほどに晴れたよというのだから、十五夜のお天気が余り良くなかったとも読み取れる。世の風流人は一夜一夜の月の変化を愛《め》で、毎夜毎夜の月に違った名を与えて楽しんだ。実に豊かな日本語の表情である。

■九月二七日　無月

月も見えず大きな波の立つことよ　一八九六(明治二九)年

名月を愛でる俳人たちは、曇って月の見えない夜を「無月《むげつ》」と惜しみ、雨が降れば「雨月《うげつ》」と愛《いと》おしむ。「月」の見えない深い暗雲の夜、「大きな波」が立ち上がっては崩れ寄せる砂浜に立つ作者の詠嘆は、「立つことよ」という伸びやかな措辞《そじ》で表現される。

明治二八年の作に「六月を奇麗な風の吹くことよ」があり、この名句の陰に隠れた感はあるが、画家クールベの描く「波」のごとき味わいの一句でもある。

■九月二八日　立待月

月を待つ闇たのもしき野の広さ　一八九八（明治三一）年

陰暦八月一五日の月は、中秋の名月「十五夜」。翌一六日は「十六夜」、十五夜より少し遅れて昇る。一七日は「立待月《たちまちづき》」。一八日は、居間に座って待つという意味で「居待月《いまちづき》」、さらに一九日が「臥待月《ふしまちづき》」、二〇日は「更待月《ふけまちづき》」と違った名を付けて愛でる心は、風流にして豊か。さて、掲出句の「月を待つ」は果たしてどの夜の月だろう。「野の広さ」を頼もしいと感じて「待つ」というのだから、やはり「立待月」かなあとも思うが、如何《いかが》。

■九月二九日　鵙

鵙《もず》鳴くや十日の雨の晴際《はれぎわ》を　一八九四(明治二七)年

俳句を始めてから覚えた花・草木・虫・魚の名などは多いが、鳥の名はなかなか覚えられない。バードウオッチングの仲間に入れてもらって出掛ける時は、今日こそ一つでも！と意気込むのだが、鳥を識別する脳と俳句を作る脳は、どうも共存してくれないらしく、我ながら未《いま》だに出来の悪い愛鳥家のままである。一つだけ覚えたのは、「鵙」の鳴き声。キィキィーと雨雲を切り裂くように鳴く声は、いかにも肉食の迫力だ。

■九月三〇日　稲舟

稲舟《いなぶね》や野菊の渚蓼《なぎさたで》の岸　一八九四(明治二七)年

「稲舟」という言葉に惹《ひ》かれた一句。季重なり・三段切れ（上五、中七、下五それそれで切れている句）という俳句の定石《じょうせき》から言えば二重苦を背負ったような句なのだが、それは必ずしもこの句の欠点になってはいない。むしろ懐かしい唱歌のようなリズムを奏《かな》で、一句の叙景《じょけい》と優しく響き合う。刈り取った稲を積み上げた「稲舟」は、「野菊の渚」を過ぎ「蓼の岸」をめざし、ゆっくりと下っていくのである。

桔梗

■十月一日　　桔梗

桔梗《ききょう》活けてしばらく仮の書斎哉　　一八九五(明治二八)年

「漱石寓居《ぐうきょ》の一間を借りて」と前書きのある一句。病後静養のため帰郷した子規は、自分の家には帰らず、漱石の下宿である愚陀仏庵《ぐだぶつあん》に転がり込む。「正岡子規」と題した漱石談は「僕は二階に居る、大将は下に居る」と遠慮ない口調で子規を語る。勤めを終え戻ってくると、門下生たちが「大将」を囲んでいる。毎日続くこの句座にて、漱石曰《いわ》く「止むを得ず俳句を作った」のが俳句事始めであった。

■十月二日　　虫売

虫売の月なき方へ帰りけり　　一八九二(明治二五)年

かつての「虫売」たちは、縁日の境内《けいだい》や街道で、鈴虫・松虫など美しい音色《ねいろ》で鳴く虫を売っていた。売り切れたのか売れ残ったのか、そっと店を畳み「月なき方」へ戻っていく「虫売」の姿は、深い影として読み手の心に畳まれる。

現代でも「虫」を売る商売はあるが、人気の中心は甲虫《かぶとむし》・髪切り虫など夏の昆虫。インターネットで注文できる蟋蟀《こおろぎ》を見つけたが、「各種ペット餌用《えさよう》」との売り言葉にゲンナリ。

■十月三日　虫の声

虫の声二度目の運坐《うんざ》始まりぬ　一八九八（明治三一）年

「午後八時」と前書きのある一句。「運坐」とは、句会の座。「虫の声」の鳴きつのる午後八時から、今日二度目の句座が始まったよ、という意味だ。

「運坐」の中心となる子規は、師匠然と座ってはいない。「何ら先生顔もしない、そしてわれわれも先生らしくは扱つてゐないのである」と語るのは、子規の寄宿舎の舎監であった内藤鳴雪。彼もまた子規を囲む「運坐」の楽しさを知り、俳句に熱中した一人である。

■十月四日　身に入《し》む

俳諧《はいかい》の咄《はなし》身にしむ二人哉　一八九三（明治二六）年

「鳴雪翁を訪ひて」と前書きのある一句。「鳴雪翁」とは内藤鳴雪のこと。この人は漢学者にして、愛媛県教育行政に功績を残し、文部省にも勤め、さらには子規の寄宿舎の舎監でもあった人物だ。子規は彼のことを「翁《おとな》」「先生」と尊称を以《もっ》て呼んだが、彼自身は子規を俳句の師であると明言して憚《はばか》らなかった。そんな「二人」で過ごす「俳諧の咄」は尽きることがなく、しみじみと「身にしむ」時間であったに違いない。

■十月五日　貝割菜

少しづつ洗ひ減《へ》すやかひわり菜《な》　一八九二（明治二五）年

「貝割菜《かいわり》」というと、貝割れ大根のことだと勝手に思い込んでいたが、歳時記の解説では「芽が出てすぐ双葉《ふたば》の時に食べる野菜の総称」なのだそうな。

子規の時代ゆえ、スーパーの四角いパックに入った「かひわり菜」であろうはずもないが、洗っているうちに「少しづつ」シンクに「洗ひ減」してしまう不器用はまさにワタクシ。まして土付きの「かひわり菜」を井戸端で洗うとなればさらに、の実感だろう。

■十月六日　　　秋の風

色里《いろざと》や十歩はなれて秋の風　　　一八九五(明治二八)年

この句碑の立つ宝厳寺《ほうごんじ》に聳《そび》える大銀杏《おおいちょう》は、今年もしきりに実を落としていた。明治二八年十月六日は快晴。愚陀仏庵に居候《いそうろう》していた子規は、漱石と一緒に吟行《ぎんこう》に出掛ける。宝厳寺へ上る坂の両側は妓楼《ぎろう》の並ぶ「色里」。山門内に遊郭が軒を連ねる光景は、漱石を大いに驚かした。境内に落ち弾む美しい銀杏を、子規や漱石もしみじみと眺めていたのだろうかと思う、今日この頃の宝厳寺境内に聴く「秋の風」である。

■十月七日　　秋の夜

猿蓑《さるみの》の秋の季あけて読む夜哉《かな》　　一八九五(明治二八)年

「灯火漸可親《とうかようやくしたしむべし》」と前書きのある一句。『猿蓑』は蕉門の発句《ほっく》・連句集である。子規は初め「芭蕉一派の俳句を標本として」読んでいたが、次第に蕪村の句を評価し始める。断片的な作品ではなく、蕪村句集を読みたいと探すがなかなか手に入らないため、遂に仲間たちと図り「もしも蕪村句集を最初に手に入れたものには賞を与へる事」を約束し合うのである。ちなみにこの賞を手にしたのは、村上霽月《せいげつ》。松山の古本屋で上巻を手に入れた。

■十月八日　　柿

句を閲《けみ》すラムプの下や柿二つ　　一八九九(明治三二)年

「閲す」とは「調べる。検査する」の意。句を見終わったら食べよう……と置いてある「柿」なのか。「ランプ」の下に置かれた、ぽっと灯《とも》るような柿の色が印象的な一句だ。

子規の「柿」好きは有名だが、胃痛で柿を止められた時の「胃痛八句」なる作品もある。「柿あまたくひけるよりの病哉《やまい》」と殊勝な詠みぶりもあれば、「側《かたわら》に柿くふ人を恨みけり」と逆恨《さかうら》みめいた句もあるから可笑《おか》しい。

■十月九日　熟柿

カブリツク熟柿《じゅくし》ヤ髯《ひげ》ヲ汚シケリ　一九〇一（明治三四）年

漱石談によると、子規はものを食べる時「ぴちゃぴちゃと音をさせて」喰ったというから、この「髯」の旨《うま》そうな汚し方も見えてくるような気がする。

「柿食へば鐘が鳴るなり法隆寺」の句が生まれた旅に出る時、子規は漱石に金を借り、それを奈良で遣《つか》い果たした。まさか「柿」に遣ったわけではなかろうが、「柿喰《く》ヒの俳句好みしと伝ふべし」なんて句もあるぐらいだから、正真正銘の柿好きだったことは確かだ。

■十月十日

林檎

あやまって林檎落しぬ海の上

一八九六(明治二九)年

この句を読んだとたん、子規の弟子であった高浜虚子の句「川を見るバナナの皮は手より落ち」を思い出した。勿論《もちろん》これを類句だと決めつけるつもりはない。が、船の上か、堤防か、そんな場所から何かの果物を落としてしまう……というのが、類似した発想・経験であることは間違いない。ただし、子規句の「あやまって」という上五の木訥《ぼくとつ》な措辞に比べると、虚子句の「川を見る」はかなり強《した》かな怪作だ。

■十月一一日

秋の暮

鶏《にわとり》のゆかへ上りぬ秋のくれ

一八九一(明治二四)年

この句にも類句が……と気になり、江戸期から明治あたりの句を探したが見つからない。気のせいであったかと気が抜けたとたん、その句を思い出し、うーむと唸《うな》ってしまった。

「土間に人畳の上に羽抜鶏《はぬけどり》　岸本尚毅《なおき》」。作者は昭和三六年生まれ。果たしてこれは子規句を踏まえた句だったのか。もしこれが俳句甲子園の対戦であったら、私の旗は僅差《きんさ》で尚毅句へ。「羽抜鶏」を見上げる「人」の表情がいかにも傑作な一句だ。

■十月一二日　　秋海棠

秋海棠《しゅうかいどう》ニ鋏《はさみ》ヲアテルコト勿《なか》レ　　一九〇一（明治三四）年

「家人の秋海棠を剪《き》らんといふを制して」との前書き。うつむきがちな「秋海棠」はいかにも可憐な表情。「鋏」を当ててはならぬと命ずる子規の思いがそのまま一句になった。

明治三二年、友人の画家・中村不折《ふせつ》から絵の具をもらった子規は水彩画を描き始める。彼の絵はいかにも真面目な筆致。「画き習ふ秋海棠の絵具哉」の句のごとく、丁寧に絵の具を混ぜ、一つ一つ色を置いていく筆遣いは、稚拙にして清新だ。

■十月二三日　　月夜

一行《いっこう》に画《え》かきもまじる月夜かな　　一八九四(明治二七)年

「鳴雪不折両氏につれだちて」と前書きのある一句。この年の三月、浅井忠《ちゅう》から紹介され、子規と画家・中村不折のつき合いが始まった。子規の唱える「写生論」は不折から学んだ西洋画論が背骨となっている。先日ある美術館で「異品之萌芽《いひんのほうが》」と題する不折の作品を観た。老人の肉体の克明な描写に、これが子規に大いなる影響を与えた写生論の現物であったかと息をのんだ。

■十月二四日　　烏瓜

只《ただ》一つ高きところに烏瓜《からすうり》　　一八九五(明治二八)年

なんということのない一句だ。それにもかかわらず、「只一つ高きところに」あるモノは「烏瓜」以外にはないと納得させられるのが、この句の底力なのだろう。当然のことながら、俳句は上の語から順に読み手の脳に情報として伝達されていく。「只一つ高きところに」までは明確な像を持たないままだが、「烏瓜」という季語が出現したとたん、一句は鮮やかな「烏瓜」のオレンジ色と背後の青い秋空を手に入れるのだ。

■十月一五日　　桐一葉

井のそこに沈み入りけり桐一葉《きりひとは》　　一八九二(明治二五)年

子規の唱えた写生論を、「見たものを見たままに描写する」と解釈すると、これはなかなか実践が難しい。私たちの眼球には、とてつもなくたくさんのモノや光景が映る。それをそのまま描写するとなれば、一七音に収まりきるはずがない。釣瓶《つるべ》もあり桐の大木もあり広がる秋空もある中から、「桐一葉」だけを抽出し、描写する。その描写に成功した時、一句は「桐一葉」の周りに存在する秋の光や風までをも、いきいきと語り始める。

■十月一六日　　赤蜻蛉

赤蜻蛉《あかとんぼ》筑波《つくば》に雲もなかりけり　　一八九四(明治二七)年

この句は私が中学生の時の教科書に載っていた。「筑波とは筑波山」と先生が教えてくれたが、この句のどこが面白いのか全く分からなかった。

私が中学校の国語教諭になった時の教科書にもこの句は載っていたが、やはりその妙味とやらはよく分からなかった。

私が俳人になって随分経って、この句がなぜかストンと胸に入った日があった。「赤蜻蛉」とはこんなに美しいものであったかと、初めて感動したその日だった。

■十月一七日　　鶏頭

鶏頭《けいとう》の十四五本もありぬべし　　一九〇〇(明治三三)年

子規にとって「鶏頭」は好きな句材だったらしく、句数も多いが、明治二八年作

「鶏頭の一本残る畠《はたけ》かな」、明治二九年作「筑波暮れて夕日の鶏頭五六本」、明治三二年作「鶏頭の十本ばかり百姓家」と本数が多くなっていくのは興味深い。「鶏頭」の本質的な有り様を突き詰めていくと、「畠」「筑波」「百姓家」などの背景を消し去ったところに確然と存在する生き物であると、腑《ふ》に落ちて生まれ出た一句であるのかもしれない。

■十月一八日　栗

真心ノ虫喰《むしく》ヒ栗ヲモラヒケリ　一九〇一(明治三四)年

「節《たかし》より送りこし栗の実の入らで悪き栗なり」と前書きのある一句。「節」とは長塚節。子規の写実主義に心酔した歌人であり、小説『土』の作家でもある。節の使いが持ってきた「栗」は、実の入ってない「虫喰ひ」だったけれど、添えられていた節の手紙によると、栗の実りが悪い年は豊作だという。わざわざ届けてくれた「真心」の栗は、今年の豊作を約束する「栗」でもあるよという、子規の心の籠《こ》もった一句である。

■十月一九日　帰燕《きえん》

燕《つばくろ》の帰りて淋《さび》し電信機　一八九四(明治二七)年

調べてみると、明治二年に伝信局なるものが営業を始めていたというから驚いた。その値段は「カナ一字ニ付、銀一分ノ割合」といわれてもピンとこないが、あるHPの試算によると「カナ一字が約三百七十五円、至急割増は約三万円」とあって、さらに驚いた。

病苦で精神激昂《げっこう》する時、子規は友人たちに「キテクレ」と電報を打った。「電信機」の打つ切ない叫びのような電文は、一心に帰燕の空を走ったのだ。

■十月二〇日　夜長

妹に軍書読ますする夜長《よなが》哉　一八九三(明治二六)年

「病中」との前書き。明治二六年、子規は何度か病床に臥《ふ》せっている。病苦で眠れない秋の「夜長」、「妹」律にとっての看病とは「軍書」を読み聞かせることも含んでいたのだ。

明治二八年には「長き夜の面白きかな水滸伝《すいこでん》」、明治二九年には「長き夜や孔明《こうめい》死する三国志」などの作もあるが、次第に身動きが出来なくなっていく子規にとって、読書欲と食欲だけがまだ生きて在る己《おのれ》に残された楽しみであった。

■十月二日　　葡萄

黒キマデニ紫深キ葡萄《ぶどう》カナ　　一九〇二（明治三五）年

「葡萄」は「紫」である、と述べる句は面白くないが、「黒」かと見まがうばかりに「紫深き葡萄」だと描写されると、その「葡萄」が我が掌《てのひら》に渡されたかのような思いがする。

明治三五年九月一四日、前日の苦悶から目覚めた子規は、甲州葡萄を十粒ほど食べたという。あれだけの大食漢だった子規が最後に口にしたのは、ゴムの管《くだ》で飲んだ牛乳一杯。黒きまでに紫の深い「葡萄」を食した、四日後のことだった。

■十月二二日

唐辛子日に日に秋の恐ろしき　唐辛子

一八九二（明治二五）年

季重なりだが、極めて印象の強い作品。同年作に「蕃椒《とうがらし》ややひんまがつて猶《なお》からし」もあるが、「ひんまがつて」とも「からし」とも述べていない掲出句の「日に日に秋の恐ろしき」という措辞こそが「唐辛子」の特質を語っているような、不可思議な説得力のある一句だ。日に日に乾いていく「唐辛子」が限界点にまでその身をひん曲がらせ、その赤を極め尽くそうとしている……。この「秋」という時間の何と恐ろしいことよ。

■十月二三日

筆の穂にいとど髭《ひげ》うつ写し物　竈馬《いとど》

一八九七（明治三〇）年

教員を辞め、俳人稼業に足を踏み入れた頃、あまりに貧乏だった私は読みたい本も買えず、句集を借りては写本した覚えがある。そんな時代をふと思い出させてくれた一句だ。

「いとど」とは「かまどうま」のこと。台所や縁の下に出没する夜行性の昆虫だ。「写し物」をしていると「いとど」の触角が「筆の穂」を打ったという、ランプの炎の下のささやかな出来事も、俳句の種になるんだよという作品だ。

■十月二四日　柚味噌

六句目にさし合《あい》のある柚味噌《ゆみそ》哉　一八九九(明治三二)年

「発句《ほっく》は文学なり、連俳《れんぱい》は文学に非《あら》ず」と連歌《れんが》を否定し、連歌の第一句「発句」は文学であると主張したのが子規。そして「発句」を「俳句」と呼び始めた。

そんな子規だけれど、明治二三年頃には仲間たちと簡単な連歌を巻いて楽しんでもいる。「六句目」とはまさに連歌の六句目。「さし合」とは、長短句の繋《つな》ぎ具合に差し障《さわ》りがあるよという意味だ。「柚味噌」を舐《な》めつつ楽しむ連歌なんてのも一興であるよ。

■十月二五日　茸狩

一むれは女ばかりの茸狩《きのこがり》　一八九六(明治二九)年

明治二九年九月「月次《つきなみ》十句集」の題は「女」。高点者に子規の名がある。掲出句がその折の作かは定かでないが、彼らはしきりに題詠に挑んだ。運座で挑戦した「天空・武器・洋語・裁判」などの意欲的な題に交じり、「絶恋・死恋・初恋」の題も見える。子規の人生に恋愛のエピソードを見つけることは難しいが、俳人の想像力はいかようにも羽ばたく。

題詠「遊郭《ゆうかく》」の回の高点者は碧梧桐。こちら想像力の所産かどうかは、はて?

■十月二六日　蝗

余所《よそ》の田へ螽《いなご》のうつる日和《ひより》哉　一八九四(明治二七)年

子規は野球が好きだったが、私は大学ではバレーボール部に所属していた。公式戦では滅多に勝てない部員七名の弱小チームだが、それでも皆真剣だった。

時折それぞれの郷里の名産を持ち寄り、部室で打ち上げ会をすることもあったが、ある年の新入部員が「蝗《いなご》」の佃煮《つくだに》を持ってきたのには驚いた。可愛いセッターだった彼女の口に、次々と消えていく「蝗」の貌《かお》はいまだに忘れられないカルチャーショックだった。

■十月二七日　小菊

くれといへばしたたかくれし小菊《こぎく》哉　一八九九（明治三二）年

「くれといへば」とは言え、いきなり「小菊」を要求したわけではあるまい。奇麗な「小菊」ですね、差し上げましょう……程度のやり取りはあったはず。見る見るうちに剪《き》りとってくれた、腕に抱えんばかりの「小菊」に少々戸惑いつつも、相手の思いがけない厚意に感謝しつつ帰ってきたのだろう。

ちょうど私の仕事部屋に飾っているのも薄紫の「小菊」。今朝の薫《かお》りも清々《すがすが》しい。

■十月二八日　　　通草

老僧に通草《あけび》をもらふ暇乞《いとまごい》　　一八九八(明治三一)年

「暇乞」のご挨拶に出向くと「老僧」が「通草」を下さったというのだ。季語「通草」は、山寺の鄙《ひな》ぶりや、清貧な暮らしぶりや、さりげない餞別《せんべつ》の心を滋味《じみ》深く表現する。

そういえば「団栗《どんぐり》」の句に「袈裟《けさ》とれば団栗一つこぼれけり」というのがあった。こちらは明治二五年の作だが、まるで同じ「老僧」のような印象を受ける。童心に満ちた僧の、おやおや……という優しい表情が見えてくるような一句だ。

■十月二九日　　　団栗

団栗《どんぐり》もかきよせらるる落葉哉　　一八九二(明治二五)年

「団栗」と「落葉」の季重なりだが、この場合の主役は「団栗」だ。落ち葉掻《か》きの目的は言うまでもなく「落葉」を集めることだが、そこに「団栗」まで掻き寄せられてきたよと喜ぶ心がみえる。明治三〇年の作として「団栗の共に掃《は》かるる落葉哉」が載っている資料もあったが、「掃く」という動詞だと箒《ほうき》、「掻く」という動詞だと熊手《くまで》を想像させる。ころころ転がる「団栗」を思えば、私は熊手がいいと思うのだが、如何《いかが》。

■十月三〇日　無花果

無花果《いちじく》ニ手足生エタト御覧ゼヨ　一九〇一(明治三四)年

初めて読んだ時、私は子規が自らを喩《たと》え、「無花果」に「手足」が生えたような状態で寝返りを打つことも出来ない……と嘆じた痛々しいユーモアの句だと思い込んでいた。

『仰臥漫録』九月十日の日記には、実物大だという蛙の置物が描かれて、その絵に添えて「この蛙の置物は前日安民《やすたみ》のくれたるものにて安民自ら鋳《い》たるなり」の一文と、掲出句を含む二句が書かれている。いやはやとんだ深読みであった。

■十月三一日　　薄

すてつきに押し分けて行薄《いくすすき》哉

一八九二（明治二五）年

この年の十月三日～一七日、子規は大磯《おおいそ》から伊豆・熱海・小田原へ旅行をしている。帝国大学退学を決め、先行きの不安をかかえての旅ではあるが、ゆったりとした日程を読んでいると羨《うらや》ましくも思える。

一四日、芦ノ湖を見、名物の赤腹《あかはら》という魚を食べ、薄原《はら》の広がる箱根の関を訪ね、その夜宿泊した三島《みしま》から、彼が虚子に宛《あ》てた手紙にはこんな記述。「今度の旅行ハ死期迫りて御馳走を食ふが如し」。胸にグサと刺さった一行の文言である。

■一一月一日　　霧

樵夫《きこり》二人だまつて霧を現はるる

一八九二（明治二五）年

この「霧」と同じ「霧」を私も経験した。あれは……どこの山寺だったか。朝未《いま》だ明けぬ山門に私たち取材班は待機していた。未明に遍路宿をたったお遍路さんたちが、この札所《ふだしょ》を目指し上ってくるところをインタビューしようと待ちかまえていた。山霧は、朝の冷気に凝固《ぎょうこ》したかのように濃く立ちこめていた。と、背後の山の「霧」が動き、その奥からふいに男が現れた。無愛想な会釈を残し、その男はまた深い霧へ、ひたひたと下っていった。

■一一月二日　鰯

カンテラに鰯《いわし》かがやく夜店哉　一八九九（明治三二）年

「鰯」は秋の季語、「夜店」は夏の季語だが、この場合の「夜店」は寺社の縁日の露店というよりは、夜になってもまだ開いている店という程度の意味に読むのが解釈として妥当ではないか。「夕栄《ゆうばえ》や鰯の網に人だかり」「今取りし鰯をわけてもらひけり」など生きの良い作品もあるが、店先の「カンテラ」に照らしだされた「鰯」のさまを、「かがやく」とストレートに詠んでいるのが、この句のいきいきとした現場証明だ。

■二月三日　　相撲

小錦に五人がかりの角力《すもう》かな　　一八九七(明治三〇)年

私の故郷の村祭りには、相撲練りの子供たちの声が響きわたる。化粧回しをつけ東西の取組を演じる力士たちを呼び出すのは、高下駄《たかげた》の行司。「このおかぁた、こにぃしきぃ!」。名を呼ばれた小さな力士が、「やあッ!」と声を上げる愛くるしさもまた格別だ。

それにしてもこの句、「小錦」という名の大きな体をした外国人力士の記憶が、中七の表現を殊更楽しませてくれる。それもまた現代ならではの鑑賞だ。

■二月四日　　漸寒《ややさむ》

やや寒《さむ》み文彦《ふみひこ》先生髯《ひげ》まだら　　一八九八(明治三一)年

「文彦先生」って?……と調べてみる。ひょっとすると『言海《げんかい》』の編纂《へんさん》者・大槻《おおつき》文彦氏ではないかと思えてきた。日本初の近代的辞書として『言海』が完成したのが明治二四年。子規の枕元に『言海』があったかどうかは知らないが、銅像や切手に描かれている「文彦先生」は穏和な表情の髭の学者だ。同じ「髯」でも「冬近し今年は髯を蓄へし」は自画像か。文彦先生も子規さんも、少々寒そうな「髯」である。

■一一月五日　夜寒

母ト二人イモウトヲ待ツ夜寒《よさむ》カナ　一九〇一(明治三四)年

明治三三年、子規が漱石へ宛《あ》てた、最近すぐ涙が出るという手紙には「妹ガ癇《かん》癪《しゃく》持ノ冷淡ナヤツデアルカラ僕ノ死後人ニイヤガラレルダラウト思フト涙」と綴《つづ》っているが、子規の死後、律は自立した女として堂々たる生きざまをみせる。家督《かとく》を継ぎ、職業学校に学び、やがて母校の教師となった彼女は、母の看病のため退職した後も裁縫教室を開き生計を立てた。兄と母とを看取《みと》った彼女の生きざまを思う、今日のこの「夜寒」である。

■一一月六日　　　　行く秋

行《ゆ》く秋の鐘《かね》つき料を取りに来る　　　一八九六(明治二九)年

一読可笑《おか》しい。「取りに来」られたことはないが、「鐘つき料」なる喜捨《きしゃ》をさりげなく要求している寺はある。撞《つ》いた鐘を撞かぬとも言えず、子規さん財布を取りだしたか。

明治二八年、郷里・松山での療養生活を終え東京に戻った折の、いかにもしみじみとした詠みっぷりの句が、「行く秋のまた旅人と呼ばれけり」「行く秋の死にそこなひが帰りけり」。季語「行く秋」の本来のイメージはこちらの二句であろう。

■一一月七日　　　　末枯

末枯《うらがれ》の若草山となりにけり　　　一八九五(明治二八)年

明治二八年は子規にとって波乱の年であった。日清戦争から帰国の船中で喀血、神戸病院に運び込まれ一命を取り留める。須磨《すま》保養院にて一カ月の療養後、松山へ帰り、夏目漱石の下宿・愚陀仏庵に転がり込み五十余日の同居生活を送る。そして、東京への帰り道に奈良に寄り、かの有名な一句「柿食へば鐘が鳴るなり法隆寺」を作ったというわけだ。

蕭条《しょうじょう》と「末枯」れる眼前の光景に「若草山」という地名の効果が面白い一句。

■一一月八日　初冬

初冬《はつふゆ》の黒き皮剝《む》くバナナかな　一八九九(明治三二)年

「初冬」という季節外れの貴重な「バナナ」。日本にバナナが入ってきたのは、「戦国時代、宣教師のルイス・フロイスが織田信長に献上」したのが最初らしいが、商品として大量輸入されるようになったのは二〇世紀に入ってからだとか。

子規の食事記録には「ライスカレー」「パインアップルの缶詰」「ビスケット」等ハイカラな食材もあるが、果たして「バナナ」は子規さんの口には合わなかったのか、否か。

■一二月九日　冬の夜

詩一章柿二顆《にか》冬の夜は更《ふけ》ぬ　一八九七（明治三〇）年

「冬の夜」更けに食す「柿」である。「柿」は子規の好物である。「柿二顆」を囓《かじ》りつつ、案じたのが「詩一章」。数詞をアクセントとした響きが、更けてゆく夜を満たす。

一句を案じる時、何かの拍子に連想が連想を呼び、気が付くと何故こんな句が出来てるんだろうという不可思議な興奮を味わうことがある。そんな「冬の夜」のワタクシの机には、「柿二顆」ではなく一杯のホットウヰスキー。

■一二月十日　緋の蕪

蕪《かぶ》引《ひい》て緋《ひ》の蕪ばかり残りけり　一八九八（明治三一）年

「松山城の見えるところでないと育たない」という言葉もある「緋の蕪」は、愛媛の冬の風物詩。東京・根岸の子規庵の食膳に、郷土の「緋の蕪」は上がっていたのだろうか。

そういえば最近「松山鮓《ずし》」が名物の一つとして復活しているが、明治二五年、松山を訪れた夏目漱石は、子規の母が作った「松山鮓」を初めて食している。瀬戸内の魚をちりばめた五目寿司は漱石にとっても忘れられない味となったようだ。

■一月一二日　返り花

筆禿《ち》びて返り咲くべき花もなし　一九〇一（明治三四）年

局部の痛みが強くなって今は筆を執《と》って物を書くことが出来ないので「思ふこと腹にたまりて心さへ苦しくなりぬ。かくては生けるかひもなし」と思った子規は、『墨汁一滴』なるものを書くと決めた。長くて二〇行、短ければ一行二行。毎朝それが載っている新聞を見て「いささか自ら慰《なぐさ》むのみ」というのが彼の弁である。その禿びた「筆」から生まれた『墨汁一滴』は、一月一六日から七月二日まで実に一六四回を数える連載となった。

■一一月一二日　冬の蠅

日のあたる硯《すずり》の箱や冬の蠅《はえ》　一八九九(明治三二)年

制作年を見れば、そこには子規の病間があり、病間の硝子戸《ガラスど》の向こうには枯れた糸瓜《へちま》の棚があり、直径三寸ほどの地球儀や、硬直した膝を立てるために一部を四角に切り取った文机《ふづくえ》もあるに違いないが、この句の世界にあるのは「硯の箱」が一つ。そこには冬の「日」が伸び、やってきた「冬の蠅」は硯の海に足を滑らさぬよう用心深く、硯の縁を歩いているのだろう。粘りを増した墨は、冬の日ざしにその匂《にお》いを濃くしているに違いない。

■一一月一三日　冬

冬や今年我病めり古書二百巻　一八九五(明治二八)年

病気を得てよりさまざまな欲が叶《かな》わなくなり、自分に残されているのは食欲と読書欲だと言い切っていた子規。「冬や今年我病めり」という深い嘆きのあとの「古書二百巻」は、眼前にドスンとそれを積み上げられたかのような迫力だ。子規ほどではないが、私もなかなかの強欲。現在柴田哲孝《てつたか》著『下山事件・最後の証言』を読み終え、山岡荘八著『徳川家康』全二六巻に手をつけた。時間は幾らあっても足りない。

■一一月一四日　時雨

鶏頭の黒きにそそぐ時雨《しぐれ》かな　一八九八(明治三一)年

主たる季語は「時雨」。冬に入り「黒き」までに朽ち果てた「鶏頭」に降り注ぐ「時雨」である。明治三五年作「黒キマデニ紫深キ葡萄カナ」の「黒キ」は豊かさの表現としての黒だが、こちらの「黒き」は退廃の黒。枯れ尽くしたものへの鎮魂歌のような雨である。明治二六年作「しぐるるやいつまで赤き烏瓜《からすうり》」は、時雨に揺らがない「烏瓜」の「赤」が印象的な作品。「時雨」という季語は、素材の色彩をいかようにも演出する。

■一二月一五日　寒さ

片側は海はつとして寒さ哉　一八九九（明治三二）年

「はつとして」という措辞《そじ》のなんという率直さだろう。「片側は海」という状況はいろいろ想定できるが、思いがけず「海」の間近に出た驚きが「寒さ」という季語と響き合う。「片側」の「海」から吹きつける潮まじりの風も匂《にお》う。海ではなく「山」の「寒さ」を詠んだのが、明治二八年作「うねうねと赤土山の寒さかな」。「赤土山」とはこんなにも寒々とした色であったかと、眼球に押し寄せる寒さに納得。

■一二月一六日　亥子

雪空の雪にもならで亥子《いのこ》かな　一八九四（明治二七）年

そういえば「亥子」の夜は寒い寒い夜だったような気がする。私が子供の頃は、

「亥子」も秋祭りの五ツ鹿《しか》も男の子だけの行事で、女の子に生まれてきたのがとても損なことのように思えた。「亥子」が、刈り上げの行事であるというのは漠然と知っていたが、歳時記によると「亥が多く子を産むことと豊作の神が結びついた」ということらしい。今にも「雪」になりそうな夜の、寒く硬い地面を打つ石の音は、地の神に感謝する槌音《つちおと》なのだ。

■一一月一七日　枇杷の花

職業の分《わか》らぬ家や枇杷《びわ》の花　一九〇〇(明治三三)年

以前住んでいた「家」での話。斜向《はす》かいの家にはどんな人が住んでいるんだろうというのが家族の話題になった。「遅くまで勉強してたら、真夜中にいきなり家中の電灯が点《つ》いて庭で酒盛りが始まったのよ」「俺が早朝のバイトに出ようとしたらまだ暗いのにリュック背負って出てきた」「普通の人が働いてる時間にボーッとご近所の枇杷の木見上げてたし」。急にくすくす笑いが広がった。「ひょっとして、お向かいも俳人かもね」。

■一月一八日　寒月

寒月《かんげつ》や枯木《かれき》の上の一つ星　一八九九(明治三二)年

「寒月」とは「冬の月」の傍題、つまり天文の季語だと思っていたが、時候の項にも「寒月」があるのに気付いた。季語「寒し」の傍題としての「寒月」は、「寒《かん》夜《や》・寒江《かんこう》」と同じように「寒し」を感知する対象として「月」を捉えているにすぎないということだ。

季語は長い時間をかけ熟成していく言葉。現代の歳時記の植物の項目には「枯木《かれき》星《ぼし》」という季語も載っている。これも先人達の作品の上に成った季語である。

■一月一九日　芭蕉忌

芭蕉忌《き》に参らずひとり柿を喰ふ　一八九七(明治三〇)年

芭蕉の評価に異論を唱えた子規は、明治二六年『芭蕉雑談』にて悪句の例として

「古池や蛙飛び込む水の音」を挙げ、勇壮なる佳句として「あら海や佐渡に横たふ天の川」を論じている。ところが明治三四年『仰臥漫録』では「あら海や」の句を「たくみもなく疵《きず》もなけれど明治のやうに複雑な世の中になつてはこんな簡単な句にては承知すまじ」と断じた。芭蕉への肉薄の手を緩《ゆる》めない一徹な柿喰い俳人、晩年の言である。

■一一月二〇日　枯野

とりまいて人の火をたく枯野《かれの》哉　　一八九二(明治二五)年

「枯野」というと芭蕉の「旅に病《やん》で夢は枯野をかけ廻《めぐ》る」を思い出す。芭蕉の評価に異論を唱えた子規も『芭蕉雑談』で「芭蕉は一生の半《なかば》を旅中に送りたれば、その俳句また羇旅《きりょ》の実況を写して一誦三嘆《いっしょうさんたん》せしむるものあり」として「枯野」の句を挙げる。芭蕉句が「羇旅の実況」だとすれば、子規句は眼前の実況。誰かが何かを「とりまいて」いる状況に、「火をたく」という炎色を点じ、一句は無彩色の「枯野」の光景へと広がる。

■一二月二二日　　冬ざれ

冬ざれの厨《くりや》に赤き蕪《かぶら》かな　　一八九七(明治三〇)年

「冬ざれ」とは、見渡す限りの冬の景を表現する季語だが、この場合はいかにも寒々と荒れさびたイメージの「厨」であるよ、と解釈すればいいだろう。そんな「厨」に置かれた「赤き蕪」は鮮やかに読み手の心に印象づけられる。同年作「冬ざれの厨に京の柚味噌《ゆみそ》あり」は、つんと香りが漂う一句。同じく「乾鮭《からざけ》北より柚味噌南より到《いた》る」を見ると、なかなかに賑《にぎ》やかな食材が全国各地から贈られる正岡家の「厨」だったようだ。

■一二月二三日　　乾鮭

から鮭《ざけ》の切口《きりくち》赤き厨哉　　一八九七(明治三〇)年

読んだとたんに、高橋由一《ゆいち》画伯の作品「鮭」を思い出した。たしか郵便切手にもなっていたから、ああれかと思い浮かべて下さる方も多いのではないか。

明治三〇年に「から鮭」の作が多いのは、誰かから贈られたものか、題詠か。「熊売って乾鮭買ふて帰りけり」「乾鮭は魚の枯木《かれき》と申すべく」「老僧は人にあらず乾鮭は魚に非《あら》ず」などを読むと、どうも面白がって題詠でヒネった句のようにも思えるが、如何《いかが》。

■一一月二三日　茶の花

茶の花の二十日あまりを我病めり　一八九六(明治二九)年

明治二九年四月二一日から一二月三一日まで、新聞『日本』に連載された『松蘿《しょうら》玉液《ぎょくえき》』は子規晩年の四大随筆の一つ。掲出句はこの随筆に掲載された一句だ。「病み初《そ》めたるは　十一月の半《なかば》になん」とあるが、年表によると、胃痙攣《けいれん》による甚《はなは》だしい苦痛に襲われたらしい。この年は、柳原極堂が松山から俳誌『ほととぎす』発刊を決意し、子規に相談を持ちかけた年。さかんに子規の代筆をつとめたのは虚子・碧梧桐の弟子たちだった。

■一一月二四日

碧梧桐のわれをいたはる湯婆《たんぽ》哉　たんぽ

一八九六(明治二九)年

この年一一月半ばからの胃痙攣を含む病苦のさまを、子規は『松蘿玉液』の中でこんな激しい言葉で綴《つづ》っている。「雷鳴り電《いなずま》閃《ひらめ》き雨灑《そそ》ぎ霰《あられ》走り日頽《くず》れ月砕け天柱《てんちゅう》傾き地皮《ちひ》裂け大海立ち熱泉湧き虎、風を吹き竜、火を吐く」。そんな子規を看病したのが虚子・碧梧桐の二人。掲出句はそんな一場面を描いた作品だ。「胃痛やんで足のばしたる湯婆かな」は、まさに竜が火を吹く如《ごと》き痛みが去った後の安堵《あんど》の一句か。

■一一月二五日

鐘《かね》つきはさびしがらせたあとさびし　(無季)

一八九一(明治二四)年

無季の句である。明治二九年作に「行く秋の鐘つき料を取りに来る」があるせいか、「さびし」のリフレインのせいか、この句の根底には秋の季感が漂っている。

子規の無季句、つまり連句の「雑《ぞう》」にあたる句を読んでみると、掲出句以外見るべき句はほとんど無い。私も連句を少々楽しむが、季語に頼ることの出来ない「雑」の長句にはてこずることも多い。季語の力、季語の恩恵を改めて思うことしきり。

■一一月二六日　山茶花

植木屋の山茶花《さざんか》早く咲《さき》にけり　一八九六（明治二九）年

「植木屋」の前を通りかかったら「山茶花」がもう咲いてたよなんて、人にいちいち報告したりはしない。下手すればそれっきり忘れてしまうような小さな出来事だ。しかし、それをこんなふうに一七音に詠《うた》ってみるだけで、この日のこの場面は作者の心に美しいネガフィルムのように永久保存されることになる。自分の一句を読み返すと、その日の光や風や温度までもがありありと蘇《よみがえ》る。俳句はまさに鮮度の落ちない記憶なのだ。

■一月二七日　鮟鱇

鮟鱇《あんこう》の口あけて居る霰《あられ》かな

一九〇二(明治三五)年

「鮟鱇」と「霰」、季重なりの一句。どちらに比重が置かれているか少々迷うのは、切字「かな」が「霰」に付いているせいでもあるが、子規は「鮟鱇」の句と分類している。

「口あけて居る」とあるので、「鮟鱇」の吊《つる》し切りの場面を思い浮かべた。下顎《したあご》に鉤《かぎ》を通し吊《つる》された「鮟鱇」の大きな口に消えていく「霰」もあるに違いないと思うと、「かな」という詠嘆の切字が、真っ直ぐ心に入ってきた一句だ。

■一月二八日　霰

甲板《かんぱん》に霰の音の暗さかな

一八九四(明治二七)年

「霰」は、降り弾む時の「音」の情報を内包している季語。明治二九年作「竹売《うり》の通りかかりし霰哉」を例にとれば、「霰」という季語の働きによって「竹売」の荷車に積まれた竹に弾む「霰」の音を、読者は自《おの》ずと聞き留めるわけだ。掲出句の場合は、敢《あ》えて「霰の音」と述べ、その「音」を「暗さ」という視覚に転化するところが眼目。読者も共に、未明の「甲板」の「暗さ」に目を凝《こ》らし「霰の音」を聞き取ろうとするのだ。

■一一月二九日　　小春

蜜柑《みかん》を好む故《ゆえ》に小春《こはる》を好むかな　　一八九七(明治三〇)年

「蜜柑」と「小春」、これも季重なり。「小春」は初冬の季語で陰暦十月の異名だが、今を生きる私たちの体感としては「十一月も半ば過ぎから十二月初めの期間に合わせるのがいい」という『新日本大歳時記』廣瀬直人氏の解説の通りだろう。「蜜柑」が好きだから「小春」が好き、なんて理屈にならない理屈だが、冬の気配が近寄ってこそ「蜜柑」の香は好ましく、「小春」の日和《ひより》はより愛《いと》おしく感じられるものだ。

■一一月三〇日　　ストーブ

ストーヴに濡《ぬ》れたる靴の裏をあぶる　　一八九七(明治三〇)年

今となっては何気ない句だが、明治三〇年当時、一般家庭に「ストーヴ」は普及していたのか。早速調べてみる。国産石炭ストーブ第一号は明治初期に売り出されたが、値段は勿論、給炭《きゅうたん》の際に粉塵《ふんじん》が上がる欠点もあり、火鉢や炬燵《こたつ》が主役の座を譲るのはまだまだ先。

子規の病床に、置き暖炉が持ち込まれ、初めて火を焚《た》いたのが明治三三年一一月一七日。その月末には伊藤左千夫《さちお》、岡麓《ふもと》を招き、暖炉据え付け祝いまでしている。

■一二月一日　　火鉢

いもの皮のくすぶりて居る火鉢哉　　一八九七(明治三〇)年

遅ればせながらの転居祝いだといって句友が「火鉢」をくれた。「火鉢」だけでなく、炭・炭団《たどん》・火箸《ひばし》・小さな火吹き竹まで、至れり尽くせり運び込んでくれた。「火鉢」のある生活は楽しい。炭を熾《おこ》すのも、鉄瓶の湯がかすかな音を立て始めるのも愉快だ。小ぶりな土鍋で湯豆腐や鰤《ぶり》しゃぶを味わえば、飲み頃に近づく熱燗《あつかん》の香《かぐわ》しさは語るまでもない。ちょいとこぼした鉄瓶の湯に上がる小さな灰神楽《はいかぐら》もまた格好の句材だ。

■二月二日　　毛布

穴多きケットー疵《きず》多き火鉢哉　　一八九七(明治三〇)年

「穴多きケットー」「疵多き火鉢」と対句《ついく》表現にした上での字余りは、そのモタモタ感が内容に見合ってほのぼのと可笑《おか》しい。子規という人は便所にも「火鉢」を抱えて行くほどで、愛用の「ケットー」つまり毛布に火の粉《こ》が飛ぶことなんぞは日常茶飯事だったろう。

明治三三年作「真中に碁盤すゑたる毛布哉」「やき芋の皮をふるひし毛布哉」もまた、ケバだった「毛布」が見えてきそうな日常感たっぷりの作品だ。

■一二月三日　冬の薔薇

フランスの一輪ざしや冬の薔薇《ばら》　一八九七(明治三〇)年

この「一輪ざし」は叔父・加藤拓川から贈られたガラス製の花瓶。同じ花瓶を詠んだ「フランスの人が造りしビードロの一輪ざしに椿《つばき》ふさはず」には、「紫のほのかに匂ふガラスの一輪ざしの花瓶一対、鼎《かなえ》の銘や何や彼《か》や篆字《てんじ》もて書きたる支那《しな》の絹団扇《きぬうちわ》は叔父のおくりたまへるもの」という前書きも付いている。短歌にて「椿ふさはず」と感じた「フランスの一輪ざし」に子規が挿《さ》してみたのは、場を得て静かに薫りたつ「冬の薔薇」であった。

■一二月四日　凩

凩《こがらし》や燃えてころがる鉋屑《かんなくず》　一八九六(明治二九)年

この臨場感にハッとする。「燃えてころがる」は「凩」の強さの表現でもあるが、

「ころがる」という動詞がかき立てる小さな不安感に読み手の心は煽《あお》られる。さらに「燃えてころがる」モノが「鉋屑」だと分かった瞬間、労働の現場の焚火《たきび》、きびきびと動く大工たち、削られる木の香などが一挙に立ち上がる。さらに、火の点《つ》いた「鉋屑」が転がり走り出すさまを読み手が思わず目で追ってしまうところから、この句の臨場感が動きだす。

■一二月五日　冬籠

薪《まき》をわるいもうと一人冬籠《ふゆごもり》　一八九三(明治二六)年

子規百年祭記念公演『深き森、赤き鳥居のその下に』は、気鋭の演出家・高瀬久男さんの脚本・演出を、愛媛のアマチュア俳優たちが体験するという刺激的な試みだった。

「いもうと」を演じた若い女優さんが印象的だった。土筆摘《つくしつ》みから戻った律が、土筆を広げて話すだけのシーンなのに、心がじんと涙ぐんだ。あの「いもうと」が、せっせと「薪」を割る姿が浮かんで、泣けた……のはなぜだったのだろう。

■一二月六日

恋にうとき身は冬枯《ふゆがれ》るる許《ばか》りなり　一八九四(明治二七)年

子規の死後、碧梧桐が子規の妹・律にインタビューした文章が残っている。子規に縁談の話はなかったのかという問いに対して律はこう答えている。「一つ二つはあつたやうでした。が、内のお嫁さんは田舎者でないと釣り合はない、と兄はよく言つてゐました」。

見合い写真を見る程度にも話は進まなかったと語る律は、二度の離婚後の半生を兄の看病に捧げた、その「身」もまた「恋にうとき」人でもあった。

■一二月七日

豚煮るや上野の嵐さわぐ夜に　薬喰《くすりぐい》　一八九三(明治二六)年

仏教の教えでは動物の肉を食べることは悪とされるが、寒中に限り栄養のある鹿や猪《しし》の肉を食べることを「薬喰」と呼び、これが冬の季語となった。

掲出句の場合、「豚煮る」がこの「薬喰」という季語にあたると判断してよいのだろう。薬喰だと称する豚肉は、いま鍋にふつふつと煮え、「上野」の空を吹き始めた「嵐」は、じわりじわりと激しさを増していく夜である。

■一二月八日　北風

北風に鍋焼《なべやき》饂飩《うどん》呼びかけたり　一八九七（明治三〇）年

子規が学生の頃、友人たちと「鍋焼饂飩」を八杯ずつ食べ、それでもまだ喰い足らず追加を注文したら、饂飩屋が「衛生に悪い」と説教して立ち去ったというエピソードがある。

寄宿舎の学食は御飯《ごはん》のお代わりは制限がなかったそうで、各自の名の入った木札を机に叩き付けながら「飯を呼ばんとて皆『賄《まかな》ひ賄ひ』と呼ぶ」のが慣《な》らわしであったとか。若者たちの食欲のエネルギーは「北風」なんぞに負けるはずがない。

■一二月九日

手袋の左許《ばか》りなりにける　　手袋

一八九七（明治三〇）年

中七の音数が足りないなあ、写し間違えたかなあと思う。確認してみる。こういう時に便利なのは、子規記念博物館のHP。抹消句等を含む約二万四〇〇〇句がたちどころに検索できる。

うーむ、間違いではなさそうだ。出掛ける度《たび》に落としてしまう「手袋」。気が付けば「左」ばかりが残っているよという句意だが、この字足らずの間抜けたリズムが、まさに無くした「手袋」を表現している、と読んであげるべき一句か。

■一二月一〇日

餅《もち》搗にあはす鉄道唱歌かな　　餅搗

一九〇一（明治三四）年

「汽《き》笛《てき》一声《いっせい》新橋を」で始まる「鉄道唱歌」を作詞したのは、愛媛県宇和島市出身の大和田建樹《たけき》。明治三三年に発表されたこの歌は、もともとは子供たちの地理学習のために作られた曲であったとは知らなかった。

「鉄道唱歌」のリズムに合わせての「餅搗」は、子供も大人も一緒になっての歌声。振り上げる杵《きね》がだんだん遅くなっていく搗《つ》き手を笑い囃《はや》す声も聞こえてきそうだ。

■一二月一一日　落葉

三尺の庭に上野の落葉かな　一八九三(明治二六)年

某TV局で「学生俳句チャンピオン決定戦」という番組を企画した。大学の俳句研究会、バスケット部、ダンス部などの学生が結集し、松山市内を巡る勝ち残り戦を楽しんだ。

この日チャンピオンになった愛媛大学の馬越貴英君が、伊佐爾波《いさにわ》神社一三五段の石段を駆け上ってきての即吟がこれ！「落葉季《どき》愛するが故《ゆえ》走ります」。

平成の若者が詠んだこの「落葉」の勢いを、さて子規さんはどう評すものやら。

■一二月一二日

鶺鴒《みそさざい》

沢庵《たくあん》の石に上るやみそさざい

一八九四(明治二七)年

「みそさざい」は「鶺鴒」と書く鳥の名。冬になると人里近くに降りてくるので冬季に分類されている。「沢庵の石」に来る様子がいかにも可愛い一句でもある。

こちらは私が担当するラジオ番組で、兼題「鶺鴒」の週のチャンピオンとなった西連寺ラグナ君の一句「断層の真上の我が家鶺鴒」。安住の地と信じる「我が家」の下に横たわる「断層」と穏やかな日常を象徴する「鶺鴒」がいかにも現代的な取り合わせの作品だ。

■一二月一三日

冬の日

冬の日の筆の林に暮れて行く

一八九三(明治二六)年

「筆の林」とは、子規の研究生活を語る比喩《ひゆ》であろうかとも読んだが、碧梧桐の語りにこんな一節。「（略）原稿や分類で普通人の何十倍か筆を使はれる。十本づつ買ひ溜めの筆も、時には二ケ月位でおしまひになつたかとも思はれる」。子規が使っていた筆は「十本拾銭《じっせん》か拾五銭位」の筆。安筆の先をほんのちょっとおろして細書きする子規の「冬の日」の筆立てには、先の禿《ち》びた筆が「林」のごとく立てられていたのかもしれない。

■一二月一四日　河豚

年九十河豚《ふぐ》を知らずと申《もうし》けり

一八九二（明治二五）年

「河豚」を食べることが時には命懸けでもあった時代、そんな物騒なモノを食べてたまるかと過ごした「年九十」なのかもしれない。

碧梧桐の弁によると、子規は「人間食ひ物を吝《おし》むやうでは、何事も出来ない」とご馳走を喰《く》うことを勧めたらしい。「年」五十にしてすでに「河豚」の美味《うま》さを知ってしまった私としては、今夜あたり熱い鰭酒《ひれざけ》でも一杯やりたい気分になってきた一句だ。

■一二月一五日　焼芋

喰《く》ひ尽《つく》して更《さら》に焼いもの皮をかぢる　一八九七(明治三〇)年

「財産収入の許す限り、ウンとご馳走を喰え」というのが子規の持論。とは言え、妹の律の話によると「相も変はらず肉と鰻位が関の山」だったらしく、それでも「料理法の本を台所に置いて、その中で手に合ふものをこしらへて見ることも」あったそうな。

家族にそんな努力を強《し》いる家長であった子規を思うと、この一句は何やら可笑《おか》しい。要はどんな物であれ、食べることを楽しむのが子規の流儀であったのだろう。

■一二月一六日　鯨

大きさも知らず鯨《くじら》の二三寸　一八九六(明治二九)年

私の生まれた村では「鯨」を食べる習慣がなかったので、逆に都会のスーパーで目にした「鯨」の肉の塊《かたまり》に驚いた。血の色の四角い塊に甚《はなは》だ困惑したのを覚えている。

「二三寸」の「鯨」の肉を手にしても、その本体の大きさを推《お》し量《はか》ることは出来ない。どれほどの大きさの、どんな魚であるかは「知らず」とも、食べてみて美味《おい》しければ「鯨汁鯨は尽きてしまひけり」となるのが自明の理というものだ。

■二月一七日

枯鶏頭《かれけいとう》此頃《このごろ》空気乾燥す　　枯鶏頭

一九〇〇（明治三三）年

なんと素っ気ない一句だろう。気象予報士の台詞《せりふ》のようでもあり、家計簿の隅に書き付けられた雑感のようでもあり、漢字ばかりの字面《じづら》は農業日記の一行のようでもある。

しかしこんな句を見せられると、読み手をどうかして驚かしてやろうなんて野心をついつい膨らませてしまう己が、非常にアホくさく思えてくる。この句は、そんな自分にブレーキをかけるための呪文のような一句である。

■一二月一八日　吹雪

町近く来るや吹雪《ふぶき》の鹿一つ　一八九六（明治二九）年

切字「や」は強い詠嘆を表す語。すぐ上の動詞「来る」を強め、何とこんな近くまで……という詠嘆を表現する。「町近く来るよ吹雪の鹿一つ」という一字違いの作もあるが、前句「や」からは厳しい「吹雪」の中に立つ「鹿」の雄々しい悲壮感が読み取れるのに対し、後句「よ」には、人に餌《えさ》をねだろうとする「鹿」の寒々とした哀れが漂う。

たかが一字の違いが一句の読みを決定する。俳句の面白さであり怖さでもある。

■一二月一九日　年忘

死にかけしこともありしか年忘れ　一八九五（明治二八）年

明治二八年といえば、子規が従軍から帰国する船中で喀血《かっけつ》した年。一時は危篤状態に陥った年でもあるのだから「死にかけしこともありしか」は正直な感慨だったろう。明治三二年作に「年忘《としわすれ》一斗《いっと》の酒を尽《つ》くしけり」なんてのもあるが、元来子規は下戸《げこ》の上に「酒飲んだ酔態を罪悪と考へる」道徳観を持った人であった。「もし仮に、のぼさんが大酒飲みであったとしたら」とは弟子達の仮説だが、はてさてその道徳観、堅持できたものか。

■一二月二〇日　大根引

門前の大根引《だいこひ》くなり村役場

一八九八(明治三一)年

「大根」の句といえば「大根引き大根で道を教へけり　小林一茶」を思い出す。その飄々《ひょうひょう》たる動作の真実は、時代を超えて読み手のほほえみを誘う。そ対する子規の句は、「村役場」という語が大日本帝国憲法のもとに布《し》かれた町村制を思い起こさせもする。平成の大合併で日本の「村」は激減し、愛媛における「村」の呼び名は消滅した。日本全土における「村役場」という語の絶滅の日も近づいているか。

■一二月二一日　炬燵

何はなくと巨燵《こたつ》一つを参らせん

一八九五（明治二八）年

「漱石来る」と前書きのある一句。松山中学で教鞭《きょうべん》を執《と》っていた漱石が松山を出発したのは、一二月二六日頃。この寒さの中を遥々《はるばる》やってくるのだから、何はなくとも「巨燵」にさあさあ！という子規の心の弾みが伝わってくる。

この折の漱石の上京は見合いのため。漱石が子規庵《あん》を訪れたのは、見合いの三日後のことだが、それもまた「巨燵」の話題に上ったに違いない。

■一二月二二日　冬至

仏壇の菓子うつくしき冬至《とうじ》哉

一九〇〇（明治三三）年

父が死んだのは、私が二三歳の年。祖母・母・私、女だけで暮らす家の中心には常に「仏壇」の存在があった。何があってもまずは「お父さんにお供《そな》えして」「これは信が好きやった」と、母も祖母も競うように「仏壇」に物を供えた。線香も鉦《かね》も大嫌いだった。居なくなった父を「仏壇」の暗がりに見いだせないでいた私は、線香も鉦も大嫌いだった。素直に合掌《がっしょう》できるようになるまでには、「冬至」のごとき長い長い夜が必要だった。

■一二月二三日　蕪

画室《がしつ》成《な》る蕪《かぶ》を贈つて祝ひけり　一八九九(明治三二)年

「不折に寄《よ》す」との前書きのある一句。子規が編集責任者をしていた新聞『小日本』の挿絵《さしえ》画家でもあった中村不折は、子規庵から二〇〇メートル程の所に、新しい画室を開いた。一二月二六日の画室開きには「祝宴に湯婆《たんぽ》かかへて参りけり」の句のとおり、子規もユタンポ持参で出向いて行った。この日の趣向は参加者持ち寄りの闇汁《やみじる》。まさか巨大な「蕪」が丸のまま投げ込まれたりはしなかっただろうなあ。

■一二月二四日　　風呂吹

風《ふ》呂《ろ》吹《ふき》の一きれづつや四十人　　一八九九(明治三二)年

明治三〇年一二月二四日、根岸・子規庵にて第一回の蕪村忌が修《しゅう》され、大阪在住の水落露石《みずおちろせき》から贈られた天王寺蕪で作った「風呂吹」がもてなされた。掲出句は第三回蕪村忌の一句。この日集まったのは四六人。予想以上の盛会だったようで、「蕪村忌の風呂吹足らぬ人数《にんず》哉」「人多く風呂吹の味噌《みそ》足らぬかな」の句も見られる。ふうふうと分け合う「風呂吹」の味は、同志たちと語る俳句の未来の味でもあったろうか。

■一二月二五日　　クリスマス

八人の子供むつましクリスマス　　一八九六(明治二九)年

子規に「クリスマス」の句⁉と驚いたが、考えてみれば日本にキリスト教が伝来したのは戦国時代。時代小説ファンの私のささやかな記憶を辿《たど》れば、織田信長と松永久秀がイエズス会司祭の仲介でクリスマス休戦をしたこともあったはず。「八人」という数は『若草物語』四人姉妹の倍の数ではあるが、この時代を思えば驚くほどの子沢山《こだくさん》でもない。日本の「クリスマス」が遊興と化す前の時代の清《すが》しい一句。

■一二月二六日　門松売

苧殻売《おがらうり》の門松《かどまつ》売に来《きた》りたり　一八九六(明治二九)年

「苧殻」は迎え火として焚《た》く麻木《あさぎ》のこと。お盆の「苧殻」を売りに来ていた男が、今度は「門松」を抱えて売りに来たというのだ。生活のために購《あがな》う季節商品はいろいろあるが、魂を迎えるモノと新年を迎えるモノとの取り合わせがほのぼのとユーモラスな一句だ。

句友の花屋さん、越智空子さんにこんな句があったのを思い出した。「迎え火の麻木４５００本」。こちらはまさに平成時代の「苧殻売」の一句である。

■一二月二七日　年《とし》の市《いち》

歯朶《しだ》を買ふついでに箸《はし》をねぎりけり　一八九八（明治三一）年

このみみっちさがいいなあ、大阪のオバチャン的態度がいいなあ、と選んではみたものの、さてこの句の季語はなんだろう。「歯朶」とも考えられるが、「歯朶」は正月のお飾りに使うものにして、新年の季語。「歯朶」やら「箸」やらの正月用品を買っている場面となれば、「年の市」という季語を使わずに「年の市」を描いた一句と考えるべきか。「ついでに」「ねぎりけり」の時代を超えた小市民的真実に共感しきりである。

■一二月二八日　煤払

仏壇に風呂敷かけて煤払《すすはらい》　一八九五（明治二八）年

「煤払」の煤をご先祖様に浴びせてなるものかという、敬虔《けいけん》な仏教徒の模範的態度……かもしれないが、かけているのが極めて俗な「風呂敷」であるところが可笑《おか》しい。しばらくはご先祖様たちも「風呂敷」の下で苦笑いしていただくしかない。

同年作「煤払《すすはき》や神も仏も草の上」「煤払《すすはき》のここは許せよ四畳半」を読むと、この年の年末の大掃除がいかに賑《にぎ》やかに繰り広げられたかが見えるようでもある。

■一二月二九日　行く年

行く年を母すこやかに我病めり

一八九六(明治二九)年

明治二九年は子規にとって腹を括《くく》らねばならない年でもあった。左腰の痛みは結核性脊椎《せきつい》カリエスだと分かり、自分に残されている時間におおよその見当がつき、自分のやるべきことがまだ膨大にあることに苛立《いらだ》ちを覚える闘病の日々。そんな子規を支える「母」は、今年を「すこやかに」過ごし、ものに動じない「母」として新年を迎えようとしている。「我病めり」の悲愴《ひそう》よりも、「母すこやかに」の安堵《あんど》に寄り添ってあげたい一句だ。

■一二月三〇日　　大三十日

漱石が来て虚子が来て大三十日《おおみそか》　　一八九五（明治二八）年

子規周辺の人々が子規を語る時、彼に近ければ近い人ほど辛辣《しんらつ》な言葉を使う。漱石は「こちらが無暗《むやみ》に自分を立てようとしたら迚《と》ても円滑な交際の出来る男ではなかつた」と評し、弟子の虚子は目の上のコブ的存在として煙たがった。が、そんな雑言《ぞうごん》も含めての子規の魅力は、この句の根底に溢《あふ》れる情ではないか。漱石が来たぞ虚子が来たぞと喜ぶ子規をなんだかんだいって皆愛していたのだと納得する、いよいよ明日は大晦日である。

■一二月三一日　　年の暮《くれ》

来年はよき句つくらんとぞ思ふ　　一八九七（明治三〇）年

「来年は」とあるから、季語「年の暮」の一句と考えればよいだろう。そう思って読むと子規の描く「年の暮」はいかにも俳人的である。「うかうかと鴨《かも》見て居れば年くるる」は吟行を旨とする俳人の姿であるし、「年の暮財布の底を叩きけり」は貧乏を性《さが》とする俳人の生きざまであり、「居酒屋に今年も暮れて面白や」は酒を友とする俳人の矜持《きょうじ》でもある。そして「来年はよき句つくらん」の心をもって俳人は今年の句帳を閉じるのである。

大連風聞《だいれんふうぶん》

日清戦争の従軍記者として、大連に渡った子規。
その時の俳句を刻んだ句碑が、大連金州にある。

国は、『太陽の塔』みたいな中国だね」。

傍《かたわ》らでファインダーを睨《にら》んでいた娘が、顔をあげてこう言った。「ここにある中国は、『太陽の塔』みたいな中国だね」。

一九九〇年代に初めて訪れた中国は、私の生まれた昭和三〇年代の印象だった。近代国家としての足場を必死で整えようとしている姿は、ビルディングの向こうで、次々に取り壊されている家々の土埃《つちぼこり》に象徴されていた。書物の中でだけ知っている文化大革命の残像がまだその町並みに潜んでいるような暗い印象があった。が、今、私たちの目の前に広がる中国は、瞬《また》きしている間にも貪欲《どんよく》に変化していきそうな中国だ。アイスクリームを舐《な》める女、その腰に手を回す男。派手なリボンの一人っ子らしき子供、その手をしっかり繋《つな》ぐ両親。サングラスを外しタクシーを止めるビジネスマン、はためくネクタイ。猛スピードで行き交う凶暴なバス、ドアの凹《へこ》んだ無愛想なタクシー。そんな中国。

反日デモが激しくなったのは、大連《だいれん》へ旅立つ一カ月ぐらい前だった。連日「反日デモ激化」の大見出しが新聞の紙面を覆《おお》い、日本大使館に石を投げる群衆の凄《すさ》まじい形相《ぎょうそう》がテレビで繰り返し繰り返し報道されていた。

そんな時期にもかかわらず、俳人という人種は楽観的に人の善意を信じるタチらしく、一行はなんの不安もない笑顔で機上の人となった。今回同行した娘・ふみも買ったばかりのデジカメを首に、俳人たちと一緒に大連の街を歩き出していた。

それにしても中国人というのは、何と不機嫌で怒りっぽく見える人種だろう。飛行機のパーサーはトイレの位置を勘違いした老婦人に露骨な軽蔑の表情を向けていたし、料理店のウエイトレスたちは厨房《ちゅうぼう》と怒鳴り合い、振り向きざま私たちの卓に大皿を叩き付けていたし、大きな柳の木陰で麻雀に興ずる男らは、摑《つか》みかからんばかりの怒声を張り上げていた。

中山《ちゅうざん》広場に面した旧・大連ヤマトホテルの巨大スクリーンでは、日本のアニメ「クレヨンしんちゃん」が放映されていた。しんちゃんを怒鳴りつける母・ミサエの巨大な顔の下には、中国語の字幕が次々に現れては消えていた。

公園に出た。千人の足形を刻んだという巨大なモニュメントの向こうには、海が広がっていた。百人ほどの合唱隊が、海に向かって歌っていた。頭上の熱気球がゆらりと光った。そういえば、大阪の万国博覧会で見た太陽の塔は、白いしかめっ面をして、蟻《あり》ん子のような人々を見下ろしていた。新しい中国に聳《そび》える太陽の塔は、一体どんな表情で、人々を眺めているのだろうか。

海光にかかげて赤き国旗かな　夏井いつき

正岡子規が乗った海城丸は、明治二八年四月一三日大連湾に入港した。日清戦争の従軍記者として着任してはきたが、すでに休戦協定が結ばれ、講和条約締結《ていけつ》に向け交渉も動き出しており、言うなれば戦跡見学のような取材ではあった。

とはいえ、子規の従軍について周りの人間は「その病体で……」と、ことごとく反対した。新聞『日本』の社主であり、子規の庇護者でもあった陸羯南《くがかつなん》は、おいそれと彼の従軍を許してはくれなかった。

この時の子規の心境を、司馬遼太郎は著書『坂の上の雲』の中で、こんなふうに書いている。

子規は、鬱勃としている。

対外戦争という、この国家と民族が最初にやりつつあるそのなかで、真之も好古も俳句仲間も記者仲間も戦地へゆく。かれだけは病身で仲間からはずされたようであり、たれよりも仲間好きな、そして淋しがりのこの男にとっては自分だけが置きさられているということがたえがたかった。（『坂の上の雲』文庫版二「根岸」）

子供の駄々のごとくねだり続けた子規に押し切られる形で、従軍が決まった時、彼は「生来《せいらい》、稀有《けう》の快事《かいじ》に候《そうろう》」と躍り上がって喜んだ。同郷・松山の同級生であり、かつては共に文学を志した友人・秋山真之《さねゆき》も、海軍の軍人となり彼《か》の洋上にいる。その兄・秋山好古《よしふる》は陸軍騎兵隊を率いて大陸を駆け回っている。先に従軍している俳句仲間、記者仲間に肩を並べやっとその輪の中に入っていける！　と、快哉《かいさい》を叫ぶ子規であった。

そんな子規が、大連の柳樹屯《りゅうじゅとん》に降り立ったのは、船上での足止めが解除された四月一五日。初めて立つ異国の地を、好奇心いっぱいに歩き出していた。

大国の山みな低き霞《かすみ》かな　正岡子規

「ワタシの名前は、リュウセイグンです」

車内には「おお、流星群！」「リュウさん、流星は季語だよ！」と歓声が起こる。

大連の旅の案内役をつとめてくれるリュウさんは、年の頃なら三〇代半ばの好青年。「ワタシの奥さんは、日本人です。ハイ、恋愛しました」と、はにかむように笑った。

漢字では「劉成軍」と表記するこの名は、良い軍人になりますようにと願って付ける名前なのだ、と説明してくれた。「でも、今もう、戦うのは時代に合ってません。時代に遅れてます」と、彼はきっぱり言い切った。

劉さんは、私たちが俳句を作る仲間であることに大層興味を持ってくれた。季語という言葉があること、それを使って五七五のリズムで俳句を作るのだということを説明すると、劉さんは「これは季語になりますか?」とさまざまな草花や風習について教えてくれたが、皆が最も沸き立ったのは「鵲《かささぎ》」と遭遇した時だった。「あの鳥は季語になりますか?」。劉さんが指さしたのは、黒と白のツートンカラーの鳥だった。長い尾も印象的だった。「あれは鵲です」という劉さんの言葉を聞いたとたん、私も見たい、僕も見たい! とバスの中は大騒ぎになった。皆、窓から身を乗り出すようにして、百人一首にも詠まれた美しい鳥に見入った。

「鵲は、秋の季語。日本では古くから和歌にも詠まれている鳥だけど、私は今日初めて見たわ」と言ったら、劉さんは「そうですか、鵲も季語ですか」と満足そうに肯《うなず》いた。

さくらんぼ売る籠魚腐る籠　いつき

バスの窓越しには、アカシアの街路樹《がいろじゅ》沿いに並ぶ露店が見えてきた。「当たり前の観光コースよりこういう場所の方が俳句になる！」という俳人たちの圧倒的要望に押され、バスは渋々《しぶしぶ》停車することになった。

手に手に句帳を持った俳人たちは、どんどん歩き出す。地べたに置かれた籠に溢《あふ》れる見知らぬ果物を、さあ食べろとジェスチャーで差し出してくるオジサンもいれば、道路脇の用水桶《おけ》で、緑色の大根みたいな野菜を一生懸命洗っては運んでいる小さな姉弟もいた。ガイドの劉さんから「絶対に人にはカメラを向けないで下さい」と厳しく注意されたので、ふみはひたすら並べられた野菜や果物を撮ることに専念しているようだ。

横丁を曲がってみると、屋根のついた路地が現れ、人でごったがえす市場が続いていた。劉さんに、この奥に入ってもいいかと尋ねると、彼はますます渋々といった調子で「皆さんは絶対に買って食べたりしないで下さい。腹をこわします」と、顔を顰めた。

歩き出した私たちの目にまず飛び込んできたのは、美味《うま》そうな焼き色をしたたらせ、うずたかく積み上げられた食べ物の数々だった。鶏のもも肉手羽肉、豚の角煮、さらには鶏の頭の唐揚げばかりを並べている店もあった。焼売《シュウマイ》みたいなお菓子を揚げていた少年に、ふみがこっそり、写真をとってもいいかとジェスチャーで尋ねた。少年は、傍らに座り込んで穀物袋を広げていた母親の方をチラリと見、こっくりとうなずいた。少年のはにかんだ笑顔を見上げる母親の誇らしげな表情が、いかにも頬笑《ほほえ》ましかった。

車窓にはひたひたと夕暮が迫っていた。「俳句を作る皆さんには、大連市街の夜景をお見せしたいと思います」というのが、今日最後に劉さんが用意してくれたプランだった。

バスを降りたのは、小高い丘の上。眼下には静かな夜景が広がっていた。巨大なミラーボールのようなイルミネーションが今夜は点《とも》ってないことを、劉さんはしきりに口惜《くや》しがった。ゆるゆると夜風が吹き始めた公園には、二人連れの男女も幾組かいた。

黙りこくって皆が句帳に何か書き付けている集団を気味悪く思ったのか、ベンチに寄り添っていた二人連れが急に腰を上げ、街灯の下に止めてあったオートバイに向かって歩き出した。ＨＯＮＤＡのバイクだった。後部席に跨《また》がり、男の背中にぴったりと頰《ほお》をくっつけた女と目が合った。つんと自慢げな顎《あご》をしゃくったかと思ったら、男が運転するバイクは気弱な爆音を立て、街灯がつくる光の輪からゆるゆる遠ざかって行った。

その夜の新樹《しんじゅ》に冷《ひ》ゆるオートバイ　いつき

子規は金州城《きんしゅうじょう》を目指して歩いている。戦争で壊された家を見、麦畑を横切り、赤土の兀山《はげやま》を俳句に詠み、驢馬《ろば》四頭だての荷馬車や、その驢馬たちを打つ長い鞭《むち》を物珍しく眺めながら歩いていく。

上陸した柳樹屯から金州城までは三里《り》の距離。碑があり、茶店があり、家がいくばくかあり、橋があり。橋のたもとでは葱《ねぎ》を売る者が「いくらいくら」と叫んでいる。値段を聞けば、日本語で答えてくる。それは高いぞと言い返すと、「安い安い」と日本語の答えが返ってくる。

そんな物売りとのやり取りも好奇心を持って克明に記憶しつつ、子規もやはりこの鳥に出会っていた。

黒き鳥の腹白く尾の長きが飛びかふを見るに画《え》にかきたる鵲に似たり。烏《う》鵲《じゃく》とはこのことなるべし。このほかに日本の鳥を見ず。(「陣中日記」新聞『日本』明治二八年五月九日掲載)

鵲の人に糞《まり》する春日《はるひ》哉　子規

今回の大連吟行の目的は、正岡子規の句碑に会いに行くことだった。「子規の句碑がなぜ大連に?」という疑問は誰もが持つところだ。私も最初この話を聞いた時、なぜなぜ? という疑問ばかりが先立った。

日清戦争従軍記者であった子規が、明治二八年五月、やはり従軍していた旧松山藩主・久松定謨《ひさまつさだこと》伯爵に招かれた宴《うたげ》のさまを詠んだ一句は、昭和一五年、租借地《そしゃくち》の旧関東州金州(現・中国大連市金州区)に句碑として建てられたが、太平洋戦争後行方不明となってしまう。その句碑が平成十年建設工事現場で発見され、平成一三年になって再び金州の地に建てられたというのだ。

昭和十年代、彼の地に居住していた俳句会、愛媛県人会の皆さんが、正岡子規という先人を讃《たた》え建立したというこの句碑については、池内央《ひろし》著『子規・遼東《りょうとう》半島の33日』にも、金州小学校に残る天后宮の写真の解説として「子規は明治二十八年四月二十四日から十日間、この境内を宿舎にして、毎日眺めた建物である。昭和十年代、左手前アカシアの近くに子規の句碑が建てられていた」との記述がある。

子規が遼東半島を訪れてから一〇六年後に再建された句碑に会いに行こうと、私たちのバスは金州博物館を目指して走り出した。

金州城にて

行く春の酒をたまはる陣屋哉　子規

句碑は、博物館裏手の庭園の奥まった一角にあった。子規自身の筆跡であろうと思われる石面の文字は、はっきりと読み取れた。柳と杏《あんず》の木にはさまれたその句碑は、想像していた以上に堂々と立派だった。

句碑を木隠れに眺められる箭亭《チェンティ》と呼ばれる東屋《あずまや》は、鐘楼《しょうろう》のごとき堂々たる建物。

皇帝が別荘としてこの城を使った時代もあったのだと、管理人らしき男が教えてくれた。見上げる絵天井の所々に絵の具が残ってはいたが、なんの図柄が描かれていたのかは判らない程度に剝落《はくらく》がすすんでいた。

日射しの当たる箭亭の床には莫蓙《ござ》が敷かれ、薬草のようなものが干してあった。男は、干してある草を丁寧にひっくり返してから、また絵天井を指さし口早に何か言った。ふっと、絵天井の剝落した図柄の中に花びらが見えたような気がしたが、目を凝《こ》らしてみると、桃の実のようでもあり女の頰のようでもあった。日射しはますます柔らかく、一〇〇年の時間をここで過ごしたとしても飽きはしないような心持ちがした。

皇帝の絵天井へと花ふぶき　いつき

水師営会見所《すいしえいかいけんじょ》にいたのは、一癖ありそうな老人だった。ここのガイドをしていると言った。本人は日本語に相当な自信を持っているようだったが、言葉の端々にはあやしいところもあった。慣れた順序で慣れた案内文句をペラペラと述べ始めた。入り口に近い土間には、飾り文字を書く男が、商売道具を広げていた。小さな篦《へら》で虹色に並んだ絵の具を掬《すく》っては、巧《たく》みに文字を書く。じっと見てたら、メモ帳を鼻先に突き出された。名前を書けと言っているらしい。「夏井いつき」と書いて返すと、男はニコリともせず受け取った。そして、私という客の存在など忘れたかのように、再び自分の仕事に没頭し始めた。

説明が一段落したらしいガイドの老人が近寄ってきた。飾り文字の男に声をかけるが、彼は顔もあげず老人の軽口を無視している。手持ち無沙汰な老人は、メモ帳に書かれた私の名前に目を止めた。漢字を指さしながら中国語読みをゆっくり発音してみせ、お前もやってみろと私に言う。老人のおどけた口調を大袈裟に真似したら、男が顔を上げて笑い出した。笑うと、別人みたいに人なつっこい表情になった。

老人の指が「いつき」のところで止まった。漢字ではないから中国語読みは出来ないという。「本名はこっちなの」と言いながら、メモ帳に「伊月」と書いてみせると、老人と男は、おお分かった！　という具合に肯《うなず》き、声を揃えて発音してくれた。それをまた真似してみせると、二人はさっきよりももっと愉快そうに笑い出した。

老師あり棗《なつめ》若葉に吹かれあり　いつき

一九〇五年一月五日、ロシア軍・ステッセル将軍と日本軍・乃木大将が会見をし、日露戦争における旅順《りよじゅん》攻囲戦は幕を下ろした。その時の会見場所がこの建物だったのだと、老人は説明してくれた。当時野戦病院として使われていた小屋なので会見用の立派な卓などあるはずもなく、手術台に白布をかけて代用した、というエピソードも話してくれた。彼が何度も指さす木製の手術台には、うっすらと土埃がかかっていた。

小屋の壁面には、日露戦争時代の資料写真が所狭しと掲げられていた。屍《しかばね》の山を踏みながら、なおも前に進もうとする兵隊らもいれば、「日本軍虐殺の場面」と題された目を背けたくなる写真もあった。会見所のガイドを生業《なりわい》にしているという老人は、これらの一角を、まるでツマラナイ観光写真が並んでいるかのごとき無関心な態度で通りすぎた。少しほっとしたような、後ろめたいような気持ちになった。

が、老人にもう、窓から見える庭の棗の木について説明を始めていた。「有名ナ日本ノ歌ニモアル『棗の木』ガコレデアリマス」と言われても、見当がつかない。老人は日本人のくせに何でそんなことも知らないのだといわんばかりに、鄙《ひな》びた節回しで歌い出した。

庭ニ一本《ひともと》棗ノ木　弾丸アトモイチジルク

クズレ残レル民屋《みんおく》ニ　今ゾ相見ル二将軍

老人が指さす棗の木の向こうには古い門があり、そのまた向こうにはさまざまな露店が並んでいる。舗装されていない道路は乾ききっており、一台の自転車が小さな土埃を巻き上げて通り過ぎた。暑くなりそうな太陽が、夏霞《なつがすみ》のなかに鈍く澱《よど》んでいた。

二百三高地に外すサングラス　いつき

二百三高地の登り口には、赤い上着を着た駕籠《かご》かきの男たちがたむろしていた。バスが着くやいなや、彼らは乗車口に群がり、降りてくる客たちに「ヒャクゲン、ヒャクゲン！」と声を掛ける。中には、腕をつかまれ竹製の駕籠にそのまま座らされてしまう気弱な客もいる。ガイドの劉さんは、そんな乗客に向かって念押しの注意をする。「百元以上のお金を払ってはいけません。彼らにとっては、充分すぎる額です」。

二百三高地は、思ったよりもずっと低い山だった。山というよりは小高い丘といった方がいいだろう。かつて兵隊達が屍の山を踏み越えては攻め、攻めてはまた次々に屍と化していった剝《む》き出しの斜面は、太陽を強く弾く青葉に覆い尽くされていた。

小説『坂の上の雲』で読んだとおりの地形の旅順港は、淡い青を湛《たた》えてそこにあった。外洋に出て戦おうとしないロシア艦隊を封じ込めるため自国の汽船を何隻《せき》も沈めた狭い湾口は、はるかな夏の霞と同化していた。小説の中では無能呼ばわりされている乃木大将が、辛うじて得た勝利の後に建立した慰霊碑が、弾頭の形に聳《そび》えたっていた。背後には静かに雲の峰が育ちはじめていた。復路を急ぐ駕籠かきの男たちの「ヒャクゲンヒャクゲン」の声が、耳の後ろで一層賑《にぎ》やかになった。

バスが止まったのは、住宅展示場だった。なぜ中国まで来て住宅展示場に？

……という疑問は俳人の好奇心を多少くすぐりはしたが、実のところあまり魅力的な場所ではなかった。むしろここに来る途中に垣間見た貧民窟や高い塀に囲まれた軍港に興味があったが、中国政府が外国からの観光客に見せたいのは、近代的ハイウエイであり新型超市《スーパーマーケット》であり不老美店《エステティックサロン》であり文化的高級住宅であることは間違いなかった。

閑散とした住宅展示場には、物売りのワゴンが店開きしていた。汗ばむほどの日射しの中、五元で買った清涼飲料水を飲みながら土産物を手にとる人たちもいた。中国でモノを買うための儀式「値切り」が、そこここで始まった。この国での値切り交渉は私の得意技。早速、二五〇元の言い値に困惑している友人の助《すけ》っ人《と》に入る。売り手の声に大きく首を振り、「五〇元！」と告げる。相手は三〇代半ばの大柄な女。大袈裟に呆《あき》れたふうをして「二〇〇元」と言う。こちらは頑《がん》として「五〇元」を譲らない。「いつきさん、いくらなんでも五〇元なんて……」と言う気弱な友人を制していた時、事件は起こった。

友人が手にしていた人民元を、女がいきなり引ったくったのだ。値切りのルールをぶち破った彼女に突発的な怒りを感じた私は、次の瞬間、彼女の手をしたたかに叩き、相手の手から数枚の人民元を引ったくり返し、睨み付けた。彼女は慌てて五〇元でいいとジェスチャーするので、五〇元だけ渡すと、それでも一瞬そこに小狡《こずる》い安堵《あんど》の表情が浮かんだのが見てとれた。五〇元でも充分すぎる額だったのだと気が付いたが、彼女は白い開襟《かいきん》シャツの下の腹巻きみたいな物の中に五〇元札を押し込み、もう素知らぬ顔をして、次の客に声をかけていた。

騒ぎを見守っていた日本人観光客たちが、「ははは！　ようやった」「ニッポン凱《がい》旋《せん》じゃあ！」と口々に囃《はや》し立てた。その言葉と笑い声が耳に入ったとたん、さっきまでの怒りも膨らみかけていた得意気分も、一気に萎《しぼ》んでしまった。

争いの種は、こんなところにも潜んでいるのだと思った。人も国も、些細《ささい》なことからこんなふうにして戦い始めるのだと思った。日本を発《た》つ時しきりに報道されていた日本大使館への烈《はげ》しい投石場面の映像が思い出された。あの女が投げた石を、私も明らかに投げ返したのだと思った。

廃船の竜骨《りゅうこつ》みどりさす大河　　いつき

大連港第二埠頭《ふとう》は、夏霞の中にぼんやりと延びていた。この埠頭から毎日のように引揚船が出港していた時代があったと、手もとのパンフレットには書いてあった。旅客ターミナルだった建物は、日本人相手の観光名所となっていて、屋上からは大連港が一望できる。石造りの太い手すりにつかまって身を乗り出すと、閑散とした道路を隔てた向こう側の埠頭では、荷積みのクレーンが一基動いているのが見えた。屋上への出口に飾られた大きな額入り写真を眺める。昔日の大連港だ。階段型のアプローチを持つ半円形の建物は、紛れもなく今私たちがいるこの建物であることが分かった。日傘を差した和服の婦人、カンカン帽に麻服の男性、中国人らしい弁髪《べんぱつ》の親子も見てとれた。この賑わいと繁栄の果てにあった混乱の時代に思いを馳《は》せていれば、ふみはその傍らのガラスケースに飾られた大きな琥珀石《こはくいし》を睨んでいる。琥珀の中に閉じこめられた昆虫と気泡《きほう》を撮影しようと、光の具合と格闘しているらしい。覗き込んでみると、名前の分からない小さな虫は生きてある形のまま琥珀の中で光っていた。この虫や気泡のように、私たちの時代もまたこんなふうに記憶として封じ込められていくのかもしれないと思った。

軍港やかやつり草は花つけず　いつき

子規が従軍記者として遼東半島を歩いたのは、「三三日間。司馬遼太郎は「子規の従軍は、結局こどものあそびのようなものにおわった」と書いているが、明治期の青年の燃えるような使命感と新聞記者としての誇りに充ちた従軍であったと評したにしても、この三三日間が子規の病状を一気に悪化させたことだけは確かだ。

五月一四日、子規は、人々が「梅干船」ともいい「船中の不整頓なる待遇の行き届かざる乗客の不平絶ゆることなし」ともいう佐渡国丸に乗り込む。その佐渡国丸は、五月一五日霧深い大連湾を出港。そして一七日朝「大きなる鱶《ふか》の幾尾となく船に沿ふて飛ぶを見」ている時に、子規の喀血《かっけつ》が始まった。

やっとの思いで、日本が見える海域まで戻ってきた時、中国の兀山ばかり見ていた子規の目には、日本の青い山がことさら美しく思われた。

馬《ば》関迄《かんまで》帰りて若葉めづらしや　子規

帰国する日の早朝、ふみを伴ってホテル近くの公園に出かけた。広い公園のそこここには、太極拳に集《つど》う人々が静かな息を吐き、剣舞の集団がそれぞれの剣を朝日にかざしていた。

アカシアの木の下では、棒術のオジサンが一人、見事な動きを見せている。手にしていた日中会話ブックから「写真を撮らせて下さい」のページを開き、ふみは果《か》敢《かん》に近づいていった。が、たどたどしい中国語はどうも通じなかったらしく、オジサンは曖昧《あいまい》な笑みを浮かべたまま立っている。中国語の会話を諦めた彼女は、いきなり首に下げていたカメラを手にし、日本語で「撮っていいですか」と言いながらジェスチャーした。するとオジサンはにっこり笑って、得意のポーズを決める。棒術の一連の動きを写真に撮りたかったようなのだが、どうしてもそのニュアンスは伝わり切らず、やむなく決めのポーズを一枚とり、お礼を言った。デジカメの画面を覗き込んだオジサンは、いかにも満足げにうなずき、もう一度キメのポーズをしておどける。私たちは大いに笑い、大いに拍手し、大いに手を振って別れた。

噴水の近くには、社交ダンスの華やかな一団がいた。見物していた私たちにも、さあ一緒に踊ろう！と皆がジェスチャーする。手を取られるまま輪に入ろうとしたら、いきなりスコールのような雨が降り出した。ガッカリという笑顔を見交わしながら、色とりどりのスカートをはためかせて走り去る女性たち。私たちも手を振りながら、雨をよけるため東屋に走り込んだ。

空港に向かうバスの中、この旅のガイドをつとめてくれた劉さんが、生涯初めての一句を披露してくれた。

アカシアの花が咲く頃また会おう　劉成軍

拍手と歓声の湧く車窓には、今がさかりのアカシアの街路樹が続いている。大連の旅は、この花房の光と風につつまれ、今終わろうとしている。

アカシアの花よりあかるかりし声　いつき

※『俳句マガジンいつき組』（マルコボ．コム）92号～１０３号の連載に加筆したものです。

あとがき

「子規おりおり」の連載企画を持ち込まれた時、真っ先に浮かんだのは「ワタクシは子規研究者ではありません」という断りの一言だった。同じ実作者として興味深い人物ではあるが、子規の作品、文章、言動を追い、小さな事実を突き合わせ、大きな真実を捉えていこうとする研究は、私の志す仕事とは少々意義を異《こと》にする。その手の仕事は敢《あ》えて私がするまでもなく優秀な人材がひしめいているし、何より大きな理由は、当時、私自身が抱えている仕事が少々多すぎたこともあった。

あっさりと断るつもりでいたその席上、グラリと心が動いたのは「我々は研究者のコラムを考えているのではありません。子規と同じ実作者として、子規の句を自由に読んでみせて欲しいのです」という言葉だった。そんなありがたい申し出に、不遜《ふそん》にも「書きたいように書きますよ」と念押しした一言までもがあっさり了承されてしまったものだから、毎日連載のコラム「子規おりおり」は一挙に現実のものとして動き始めた。

正岡子規という人物に興味を持ち、それなりに彼の書いたものを読んできたつもりだったが、それはあくまでも氷山の一角。またたく間に集められた膨大な資料の前に、呆然と立ち尽くしてしまった。以来、電車やバスの中、空港のロビー、駅の待合室、講演会が始まるまでの控室、ロケの待ち時間、ホテルに引きあげてから就寝までの僅《わず》かな時間を惜しんで、子規の資料を読み漁る一年間がまたたくまに過ぎた。が、終わってみればそれもこれも刺激的な日々であったと思う。

さらに期せずして、新書版の出版というお話をいただいたことで、月刊『俳句マガジン いつき組』に連載した「大連風聞」を書き直しておきたいという（かねてからの）願いも入れてもらっての、本書刊行の運びとなった。

連載当初、あまりにも細かい指摘をしてくる朝日新聞大阪本社校閲部にムカッ腹を立てたこともあったが、今となってはその見事な情報チェック能力に心底脱帽し信頼し感謝している。また朝日新聞社松山総局の皆さんにはお礼の言葉もない程《ほど》ご迷惑をおかけし、お世話にもなった。そして、誰よりも「子規おりおり」連載のための膨大な資料集め・整理・校正という裏方の作業を支えてくれた句友・あづきちゃんこと、日本俳句教育研究会事務局長・八塚秀美さんに心からの感謝を捧げたい。

『子規365日』11年ぶりのあとがき

２００７年に朝日新聞愛媛版で連載をし、２００８年に新書として出版された『子規365日』。絶版となって以来「あの本はもう手に入らないのでしょうか」と問われることも多々ありましたので、文庫本化されるとの知らせを受け大変嬉しく思っております。

正岡子規の句は、松山市立子規記念博物館のデータベースにて全句を確認することができますが、これを丁寧に読んでいくのは、なかなか根気のいる作業です。とんでもない凡人の句も多くてついつい苦笑いしてしまうこともありますが、うっかり気を抜くと、そこにある凡なる宜しさ、拙なる味わいのある作品を取りこぼしてしまいます。自分の鑑賞眼を一〇〇年の時を超えて、子規さんに試されているかのような緊張感も一方にはありました。研究者とは違った俳人の目線で選び、味わうというのが、この一冊の狙いでしたので、子規の生涯を語ることよりも作品そのものを熟読玩味することを心がけた日々を、今懐かしく思い返しております。

俳句を生業として暮らしていこうと決めたのが三〇年近く前。その志を公言すると、俳都松山にして、否、俳都松山だからこそ「神聖な俳句をメシの種にするとは何事か」とバッシングが起こる時代でした。シングルマザーとして二人の子どもを育てながらの苦労苦悩もありましたが、よくよく考えてみると、子規さんこそが文芸欄担当の新聞記者として俳句をメシの種にし、母の八重さん、妹の律さんを養っていたではないか！　と気づいてから、心がスッと軽くなりました。

そんな子規さんへのお礼の気持ちもこめて書いた『子規365日』ですが、365句全て違う季語で選ぶ必要があったため、載せられなかった愛唱句も沢山あります。いつか別の季語の365句を選び出し、鑑賞していきたいという思いを抱えつつ、怒濤の平成が終わりました。実現させたい企画として『子規365日』第二弾に取りかかれる日を夢みつつ、ひとまずは文庫となったこの一冊を、令和の時代の皆さんにお届けできること、心から感謝いたします。

今回も、日本俳句教育研究会事務局長・八塚秀美さんにお世話になりました。いつも支えて下さってありがとう。

二〇一九年五月

夏井　いつき

■参考文献

『病牀六尺』正岡子規著（岩波文庫）
『仰臥漫録』正岡子規著（岩波文庫）
『墨汁一滴』正岡子規著（岩波文庫）
『飯待つ間・正岡子規随筆選』阿部昭編（岩波文庫）
『子規歌集』土屋文明編（岩波文庫）
『筆まかせ抄』正岡子規著・粟津則雄編（岩波文庫）
『歌よみに与ふる書』正岡子規著（岩波文庫）
『松蘿玉液』正岡子規著（岩波文庫）
『回想　子規・漱石』高浜虚子著（岩波文庫）
『評伝　正岡子規』柴田宵曲著（岩波文庫）
『子規を語る』河東碧梧桐著（岩波文庫）
『思い出す事など　他七篇』夏目漱石著（岩波文庫）
『子規選集』一～一五巻（増進会出版社）
『坂の上の雲』一～三巻　司馬遼太郎著（文春文庫）
『子規・遼東半島の33日』池内央著（短歌新聞社）
『「坂の上の雲」と日本人』関川夏央著（文藝春秋）
『子規歳事・改訂版』越智二良著（松山子規会叢書12）
『子規の素顔』和田茂樹著（愛媛県文化振興財団）

『俳句で読む正岡子規の生涯』山下一海著（永田書房）
『正岡子規入門』和田茂樹監修・和田克司編（思文閣出版）
『作家の自伝21・正岡子規』正岡子規著・松井利彦編纂（日本図書センター）
『俳句世界別冊2・子規解体新書』粟津則雄・夏石番矢・復本一郎編（雄山閣出版）
『子規門下の人々』阿部里雪著（愛媛新聞社）
『子規の書画・改訂増補版』山上次郎著（青葉図書）
『伊予の俳諧』松山市立子規記念博物館編（松山市立子規記念博物館友の会）
『郷土俳人シリーズ1・正岡子規 人と作品』愛媛新聞メディアセンター編（愛媛新聞社）
『柿喰ふ子規の俳句作法』坪内稔典著（岩波書店）
『漱石・子規 往復書簡集』和田茂樹編（岩波文庫）
『正岡子規の俳句検索』松山市立子規記念博物館編（松山市立子規記念博物館）
『鳴雪自叙伝』内藤鳴雪著（岩波文庫）

解説

長嶋　有

夏井さんと雑誌で対談することになり、松山の伊月庵《いげつあん》に行った。夏井さんの持つ庵だと聞いて、僕はおおいに気後れした。「庵」って！

俳句と俳句っぽさは違う。夏井さんはそのことをよく分かっている人だ。テレビ番組では和装をびしっと決めてはいる（よく似合っている）が、「筆を持って短冊にサラサラ書き付け」たりはしてみせない。過剰に調子をつけて「〇〇や〜」と句を読み上げたりもしない。

小説家にも和装で懐手して悩むステレオタイプなイメージを抱く人が未だにいるだろうが、俳句や俳人は特に「俳句っぽさ」を求められる。日本茶のペットボトルに俳句が記載されているのも、それがすんなりと受け入れられているのも、俳句＝「和」のイメージを抱かせるからだ。夏井さんは初学の者の抱きがちな安直なイメージを全否定するわけでもない。和装でテレビに出ているのは――もちろん、本人がお好きだからだろうが――お近づきの人への少しのサービスもあるだろう。「庵」を持つというのも一瞬、そういうことかと思った。超風流な庭に茅葺きの屋根、鹿威《ししおど》しがカポーンと鳴る、茶室のようなワビサビワビサビした建物を想像して行ったら、クーラー完備の、いくつかの会議机とスチール椅子が置かれた、清潔だが無味乾燥な四角いだけの部屋に通された。端にはお茶を入れるシンクと小さな冷蔵庫もある。ここに荷を置き、裏口から竹林をすぎていよいよ「庵」に向かうのかと思ったが、不意に気づいた。

ここが「庵」か！　僕は（対談前にもう）感嘆していた。もろ「本当の句会仕様」じゃないか。俳句の仲間が集って句会をするというと、公民館の会議室でやることが多い。風流な場所には平たい机や椅子がないから、大勢の俳句を書き留められない。喫茶店だと大勢で入りにくいし高くつくから必然、公民館の無味乾燥な部屋になる。会議机もスチール椅子も普段、自分が仲間とする句会でなじみのものだ。椅子は壁に収納されており、追加できるようになっている。長時間、大勢で議論するから熱気を帯びる、だから空調も大事だ。俳句「ぽさ」ではない、真に俳句に必要な空間を「庵」としたのだ。

そのように夏井さんは、正岡子規を語る際も、真に俳句を見据えようとする。子規は現代俳句の開祖といっていい、巨大な存在だ。「あとがき」にある、連載の依頼を一度断ったというのも分かる（夏井さんほどの俳人でも臆するのか、とも思ったが)。オタク的な研究家がたくさんいて、ちょっとの言葉尻に嚙みついてくるなんてこともありうる。そんなのは相手にしないだろうが、面倒は面倒だ。同時に、早世した「悲劇の人」でもある。そういったことと絡めて語れば、衆人の同情を誘いやすいが、正確な評から遠ざかる危険がある。ゴッホであれベートーベンであれフェアに「批評」をするならば、境涯と無関係に純粋に作品だけを評の俎上にのせるべし。そうひとまず思っても、さすがに白々しい。なにしろ子規の場合、ただ早世しただけでない、凄絶な闘病を思わせる克明な手記が残っていて、それも有名だからだ。

夏井さんの鑑賞でも、子規の境遇を語ることに逡巡をみせている。

「蝶飛ブヤアダムモイブモ裸也」が子規の没年の作であることに対し「必要以上の意味をのせ解釈するのも如何か」と迷いを示し、闘病の「大痛苦」に「チクリと心」を痛める。「捕ヘタル孕雀ヲ放チケリ」や「たらちねの花見の留守や時計見る」などの鑑賞では素直にうなだれ、哀悼を示している。

だが、そこに寄り添いすぎない。死と絡めることで、なにかをなにか以上に誇大にみせることをむしろ、用心深く避けている。「カナリヤの卵腐りぬ五月晴」も没年の句で、不吉な暗示を読み取れる内容だ。そういう鑑賞にしてもおかしくないはずだが、陰暦と陽暦の変遷に言葉を費やしている。むしろ病中にあっても食欲があって菓子パン十個食ってる子規に呆れてみせたり、「病気を楽しむ」という子規の語をひいて「精神の強さ、明るさ」をみてとっている。

新聞連載、一日一句、作句年度が順不動ということで（季語の順番は厳密なれど）、気ままに語りたい順に並べているのかと思って読んでいたが、七月からの一連には唸った。

「松島の風に吹かれん単もの」「みちのくへ涼みに行くや下駄はいて」「夕立や殺生石のあたりより」と続く旅行句で、ここにさしかかると本から読者に向けて夏の風が吹きつける。序盤では、境涯に対して素直に哀悼をみせつつ、読書のギアのあがる頃合いに、子規が元気な時代の、自由な旅の句を固め、たたみかけてみせた。行き当たりばったりで並べたのではない、構成の妙がここにはある。

七月一日「草枕の我にこぼれよ夏の星」に、夏井さんの心情がぽろっと吐露されている。やはり「子規＝病人」のイメージの払拭を「実に嬉しい」と思っていたのだ。

ほか全体を通して夏井さんの語りは病人相手でもメソメソとしない。過剰な蛇嫌いをからかったり、「呵々」と笑ったり。類句がある場合は厳密に優劣を比較してみせる。大きな存在と分かっていても過剰に崇めたてまつるのが必ずしも対象にとってよいこととは限らない。本書における、どのからかいにもツッコミにも「そうした方が俳句をよりよく伝えることができる」という判断だけが感じ取れて、きわめて清潔だ（それは、テレビや雑誌での彼女のいっけん厳しい添削が、笑いを生みこそすれ誰も嫌な気持ちにさせず、人気を得ていることとも符合する）。

夏井さん個人の心情が他にも要所に出ている。そのことも本書の特徴だし、実は魅力である。「評論」ならば、読み手の個人的なことを交えずに語るべきかもしれないが、俳句においてそれは無理というか、ときに個人の心情や境涯と絡めて語る方が正しいと僕は思う。

季語は、たとえば「夏空」のような言葉は、普遍的に誰でも思い描ける。そういう語こそ季語に選ばれているわけだが、実際に夏空で想起することは個人個人の胸のうちに異なる場合がある。記憶というやつだ。俳句は、普遍的な景色と個別な記憶喚起とを同時にもたらす。だから三百六十五という数を語る際、自分にまつわる話を封殺してしまうことは、俳句を正しく読んでいることにならない。

テレビや雑誌では（たくさん露出しているのに）案外、夏井さんという人のパーソナルが語られない。仕事部屋（当時は九階にあった）でレイ・チャールズを聞き、仕事が煮詰まると昼酒を飲みに行く（大共感！）。句会の授業で全国の小学校を巡り、茶摘みをし、動物園のロケで大蛇を巻き付けてもらってる。母方の実家はもともと染物屋、妹はニューヨークに暮らしていた。郵便局長で腰痛持ちの父とは幼いころよく釣りをした。句友もたびたび出てくる。俳人になる以前、中学校の国語の教師だったことは履歴で知っていたが「其中に衣更へざる一人かな」での回想は、掌編小説の趣さえある。

本書に限らず夏井さんの回想は、よかった、素敵だったということよりも、嫌いだったことの回想が多い気がする。豆腐屋へのお使いは「心弾むものではなかった」し、蚊帳も「あまり好きではなかった」。故郷の実家は化け物屋敷のようで「不安で不安でしょうがなかった」。夏井さんが言葉をつむぐ際の真摯さが感じ取れる。好きだったことや甘やかなことは、ことさらに披瀝しないのだ（自慢や自己陶酔につながりうると、潔癖に遠ざけるのだろう）。苦手や嫌だったことをいう語りが、少しも陰湿ではないのも稀有で不思議な彼女の特性で、これはすぐに分析もできないし真似もできない。

感嘆符「！」が頻出するのも夏井さんの語りの特徴で、俳句には滅多に用いないだろう。鑑賞は俳句ではないのだから、文章を弾ませる便利な符号の使用をためらわないのだ。
でも、本当にしょっちゅう、心を「！」と弾ませている人でもあるのだろう。本書は子規のことと同じくらい、夏井いつきという優れた、愛すべき人間を知ることのできる一冊だ。いつかあの四角い伊月庵で句座を共にできたらと願っている。

（ながしま　ゆう／作家）

索引

本書に出てくる正岡子規の365句について、上五に季語が入っている句は、句の中から思い出しやすいキーワードを抽出しています。上五に季語が入っていない句と無季の句は、上五を太字で記載しています。
※季語から句を探したい場合には、目次に季語一覧を掲出しています。

【あ行】

【た行】

【な行】

【は行】

【ま行】

子《し》規《き》365日《にち》　朝日文庫

2019年8月30日　第1刷発行
2021年6月30日　第3刷発行

著　者　夏《なつ》井《い》いつき

発行者　三宮博信
発行所　朝日新聞出版
〒104-8011　東京都中央区築地5-3-2
電話　03-5541-8832（編集）
03-5540-7793（販売）
印刷製本　大日本印刷株式会社

Published in Japan by Asahi Shimbun Publications Inc.
定価はカバーに表示してあります

ISBN978-4-02-261983-9

落丁・乱丁の場合は弊社業務部（電話 03-5540-7800）へご連絡ください。

送料弊社負担にてお取り替えいたします。